AF148534

AR AMRANTIAD

AR AMRANTIAD

CASGLIAD O STRAEON BYRION

GOLYGYDD

GARETH EVANS-JONES

sebra

Cyhoeddwyd yng Nghymru yn 2024 gan Sebra,
un o frandiau Atebol, Adeiladau'r Fagwyr,
Llanfihangel Genau'r Glyn, Aberystwyth, Ceredigion SY24 5AQ

ISBN : 978-1-83539-007-8

Dyluniwyd gan Almon
Golygwyd gan Adran Olygyddol Cyngor Llyfrau Cymru

sebra.cymru

Dymuna'r cyhoeddwr gydnabod cymorth ariannol
Cyngor Llyfrau Cymru

Argraffwyd yng Nghymru

CYMYSGEDD
Yn cefnogi
coedwigaeth gyfrifol
FSC® C114687

CYNNWYS

RHAGAIR

Cyfoeth mewn cynildeb. Dyna un ffordd y gellir disgrifio'r stori fer. Oherwydd bod cyfyngiad ar ei hyd, mae'n rhaid dethol a didol y geiriau – gofalu eu bod yn llwyr hawlio eu lle. Dyna her enfawr, ac eto, dyna brofiad gwych i bob awdur sydd am fentro i dir y stori fer. Ac er bod rhai'n dweud ei bod yn well dechrau efo stori fer, cyn mentro llunio nofel, dydi'r berthynas rhwng y ddwy ffurf ddim o reidrwydd mor unionlin â hynny. Mae heriau penodol wrth lunio nofel, fel sydd wrth lunio stori fer, llên meicro, ac yn y blaen. A llunio stori fer heb fod dros 3,000 o eiriau ar y themâu 'rhyddid' a/neu 'hunaniaeth' oedd y dasg a osodwyd ar gyfer cystadleuaeth arbennig gwasgnod newydd Sebra.

Roedd hwn yn chwip o gyfle i awduron newydd, nad oedden nhw wedi cyhoeddi llyfr eu hunain, gyflwyno stori fer lle byddai tri enillydd yn cael eu dewis a'u gwaith yn cael eu cynnwys mewn cyfrol. Dyna'r dasg, ac roedd y 28 stori a ddaeth i law yn rhai gwirioneddol ddiddorol. Mae hi'n andros o ystrydeb i ddweud bod yna elfennau addawol ac arbennig am yn ail ym mhob darn, ond dyna'r gwir. Roedd yna amrywiaeth o ddehongliadau o ran pwnc ac arddull, o aeddfedrwydd lleisiau creadigol ac o gyweiriau. O stori fer wedi'i gosod ar y blaned Mawrth i stori'n ymdrin â hunaniaeth ar ôl dychwelyd i ardal enedigol, a nofel graffeg fer y gellid ei datblygu yn y dyfodol. Yn bendant, mae yna gryn dipyn i'w ganmol, a dwi'n mawr, mawr obeithio y bydd yr awduron yma a gystadlodd, bob un, yn dal i sgwennu ac yn dal i fwynhau trin geiriau ac ymateb i'n byd, ein cymdeithas a'n hoes, gyda'u creadigrwydd.

Mewn difri, roedd cael fy ngwahodd i feirniadu'r gystadleuaeth yn brofiad cwbl annisgwyl, ond dwi'n ddiolchgar tu hwnt i wasgnod Sebra ac Alaw Mai Edwards, yn benodol, am y cyfle. Mae wedi bod yn fwynhad o'r mwyaf un, ond mae hefyd wedi bod yn dipyn o broblem (braf) yn ogystal. Oherwydd, ar ôl darllen y cynigion i gyd, roedd gen i restr fer o wyth stori, ond roedd angen i dair fod yn fuddugol. A dyna oedd dechrau'r crafu pen a'r pendilio, ond yn y diwedd, mi ddewisais i dair. Ac mae'r tair stori yn rhai gwahanol iawn i'w gilydd, yn cynnwys lleisiau creadigol clir, ac yn dangos sylwgarwch, cynildeb a theimlad.

Mae stori Lleucu Non, 'Pwy Ydw I?', yn llawn egni ffres ac yn gyfredol iawn ei themâu a'i mynegiant. Mae iddi galon drwyddi draw a hynny yng nghyd-destun profiadau cyfoes go iawn. Yn sicr, mae addewid Lleucu fel awdur yn fawr a dyma ddechrau'r daith i ddatblygu hynny, gobeithio.

Mae 'Plethu' gan Francesca Sciarrillo hefyd â chalon yn curo drwyddi draw, ond mae iddi naws dra gwahanol i 'Pwy Ydw I?'; un sy'n ymdrin â chyfuno bydoedd, diwylliannau, cyd-destunau ac iaith, a hyn oll mewn cwta dair mil o eiriau. Mae yma dynerwch a sylwgarwch arbennig gan Francesca, a bydd gweld mwy o'r rhinweddau hyn yn ei gwaith yn y dyfodol yn arbennig.

A dyna 'Y Phoenix' gan Lois Roberts. Roeddwn i wedi fy

nghyffwrdd i'r byw gan y stori dawel, dreiddgar a thrawiadol yma. Mae'r naratif yn gynnes a'r cymeriadau'n rhai crynion iawn, sy'n gamp a hanner mewn stori fer.

Ynghyd â'r straeon buddugol yma, roedd hi'n fraint medru comisiynu tri awdur cyhoeddedig i gyfrannu i'r gyfrol, ac mi wyddwn yn syth y byddwn yn gofyn i Siân Melangell Dafydd, Jon Gower a Fflur Dafydd. Ac mae'r tri awdur tra gwahanol, y tri llenor campus yma, wedi cyflwyno tair stori hynod amrywiol a chyfoethog iawn. A gobeithio'n wir y bydd cael eu gwaith buddugol ochr yn ochr â straeon byrion Siân, Jon a Fflur yn hwb gwirioneddol i Lleucu, Francesca a Lois gyda'u gyrfaoedd.

Rydw innau wedi cael y fraint o gynnwys stori hefyd, ar gais Sebra, ac mae'n brofiad eithriadol cael bod ymysg y chwe awdur yma – mae gen i barch mawr at eu gwaith nhw i gyd, ac edmygedd o'u doniau. Diolch o galon ichi, a diolch o waelod calon i'r holl gystadleuwyr a gyflwynodd eu gwaith. Nid ar chwarae bach y mae rhywun yn anfon eu gwaith i'w feirniadu, felly diolch am ymddiried ynof i ddarllen eich sgwennu. A dwi'n mawr obeithio y bydd sawl stori nad oedd wedi ennill ond a oedd yn uchel yn y gystadleuaeth yn cael ei chyhoeddi gyda hyn.

Ar amrantiad, gall rhywbeth annisgwyl ddigwydd, gall rhywun deimlo'n wahanol, gall rhywun brofi pob math o bethau. Ar amrantiad, gall stori fer ddigwydd. Ond gall ei heffaith bara'n llawer hirach. A dyna hyfrydwch amrantiad – cyfoeth mewn cynildeb.

Gareth Evans-Jones
Traeth Bychan, 2024

JON GOWER

CIL Y DRWS

Daeth y geiriau i chwyrlïo o gwmpas ei ben unwaith yn rhagor. 'Agorwch dipyn o gil y drws, o gil y drws, o gil y drws…' Dyma ddechrau rhagorol o wael i ddiwrnod gwael arall. Y blydi gân 'na, y rhigwm stiwpid yn troi a throi ac yn atseinio fel slywen wedi ei dal mewn pwll dŵr croyw. Y nodau'n rhubanu o fewn ei benglog, fel techneg newydd o boenydio a ddyfeisiwyd gan y CIA, y melodi ar lŵp yn rhywbeth na allai ei osgoi.

Mae Rob yn clywed llais ei fam-gu yn canu'r geiriau ond nid yw hynny'n gysur, oherwydd mae hi wedi hen fynd, a'r geiriau megis wedi crino ar ei gwefusau. Cofiai ymweld â hi am wyliau yn yr haf, yn ddwfn ym mherfeddion gwyrddion Sir Gaerfyrddin, yn bell bant o'r tŷ cyngor a'r ymladd diddiwedd ar yr aelwyd. Beth oedd enw'r lle eto? Cynwyl Elfed. 'Na ni.

Dihangfa oedd cartref Mam-gu, rhywle'n bell o rialtwch meddwol ei rieni. Am fenyw hoffus. Cariad yn mudferwi yn ei llygaid brown. Cynhesrwydd ei siôl fel tase fe wedi setlo mewn nyth aderyn wrth iddi hi ei anwesu; na, ei wasgu'n dynn i'w mynwes. Yn gynnes fel wy yno. Byddai hi'n ei si-hei-lwlian gyda'r gân bob tro y byddai hi'n ei warchod – pan fyddai ei fam yn gweithio shifft nos arall yn y ffatri bianos – ac roedd darnau wedi cydio yn ei ben, fel gwlân dafad yn sownd yn y mieri.

Mieri. Dyna i chi air da am y dryswch yn ei ben y dyddiau 'ma, y syniadau, yr un hen syniadau yn mynd rownd a rownd, yn rhannol oherwydd bod pob dydd yn y carchar yr un peth. Na, bron 'run peth. Roedd digon o newid patrwm i gadw dyn rhag mynd yn gyfan gwbl wallgo. Twrci ar gyfer y Nadolig. Deintydd yn ymweld bob tri mis. Y llyfrgell bob yn ail ddydd Mawrth.

Dyna lle'r oedd ei ddihangfa – pob llyfr bron yn debyg i dwnnel i gysylltu gyda'r byd go iawn. Fel roedd y gân yna'n cysylltu gyda'r gorffennol – tynerwch ei fam-gu, gwres ei mynwes. A'r gwynt i'r drws bob bore.

Penderfynodd yn gynnar iawn yn ei gyfnod yn Wakefield – ei garchariad, fel roedd e wedi ei fedyddio – y byddai'n gwneud pob defnydd posib o'r llyfrgell. Adloniant. Addysg. Dysgu ieithoedd newydd. Yr iaith Roeg oedd yr un gyntaf. το όνομά μου είναι Ρόμπερτ. My name is Rob. Ευχαριστώ. Thank you. Ceisiodd ddychmygu'r cantîn yn paratoi *souvlaki* yn hytrach na'r slop arferol ond roedd yn dasg rhy fawr: terfyn ei ddychymyg oedd waliau ei gell. Ond un diwrnod, penderfynodd y byddai'n gweld Athen, yn yfed *ouzo* ac yn codi llwncdestun i'w wraig, yn un fu farw.

Roedd y llyfrgellydd, Vincent, yn hen *stager*, boi oedd wedi bod yno am flynyddoedd maith, a'r sôn o fewn y waliau oedd ei fod wedi gwneud rhywbeth ofnadwy o wael i'w fab ei hun. Yn y gegin. Wrth goginio tsips. Ond nid yw Rob yn un i farnu. Gadewch hynny i'r barnwyr, yw ei fantra yntau, ac mae e wedi gweld digon o'r rheiny yn ei ddydd. Felly mae Rob yn hapus i ymddiried yn Vincent, gan ofyn cyngor am y llyfrau gorau.

Un tro gofynnodd Rob am lyfr dychmygol o'r enw *Getting Out of Gaol Made Easy* a bu'r ddau'n chwerthin yn braf nes i Vincent ddweud, 'I've read that.' Roedd rhywbeth yn ei lais, rhyw absenoldeb mawr wnaeth ddod â'r chwerthin i ben fel gilotîn yn cwympo. Efallai cofiai am ei blentyn. Sut trodd y gegin yn allor.

'The only way out of here is by private ambulance,' dywedodd Vincent i lenwi'r distawrwydd, ac aeth y ddau ddyn i bendroni am eu cyd-garcharorion oedd wedi marw yn ystod eu hamser nhw yn Wakefield. Nid oedd y rhestr honno yn ansylweddol, y cyrff yn cael eu cludo ymaith yn y fan ddu oedd yn wahanol i'r fan ddu byddai'n dod â nhw yma yn y lle cyntaf. Roedd gan honno ffenestri. Doedd dim angen rhai yn yr ambiwlans i'r crem.

Dros gyfnod mae Vincent yn archebu llyfrau o bob math i Rob, ond gan ganolbwyntio ar y clasuron – Homer, Dickens, G. K. Chesterton – ynghyd â stwff ychydig ysgafnach, megis ei hoff lyfr yntau, sef *Zorba the Greek* ac mae Rob yn chwistrellu pob gair fel cyffur wrth iddo fynd yn ddibynnol ar lenyddiaeth. Mae Homer yn debyg i'r heroin wnaeth ddinistrio bywyd Pete sy'n rhannu ei gell, pleser sy'n troi'n rwtîn gyda threigl amser.

Ond nid yw Vincent yn dewis unrhyw rwtsh. 'Mae amser yn rhy fyr i ddarllen llyfrau gwael,' meddai, sy'n atgoffa Rob o ryw arwydd welodd e unwaith oedd yn rhybuddio bod 'Life's Too Short to Drink Bad Wine'. Fflachiodd llun sydyn ohono fe a Susie yn yfed *retsina* yn Mykonos, ar eu gwyliau cyntaf ac olaf oherwydd ni fu Susie fyw yn hir wedi iddyn nhw briodi.

Un bore, cusan ar stepen drws wrth iddi ffarwelio ag ef ar ei ffordd i ddysgu yn yr ysgol. Ychydig hwyrach yn y bore, cnoc ar y drws a dau blisman, eu pennau'n gwyro i lawr ychydig, yno i ddweud bod 'na ddamwain wedi bod.

Efallai mai dyna wnaeth ei ddanfon oddi ar y reils. Yr yfed diddiwedd, hunanddinistriol, y tymer wyllt a fflachiai fel cyllell ambell waith, gan ei wneud yn beryg bywyd i rywun mewn bar byddai'n gwneud gymaint ag edrych arno fe yn y ffordd anghywir. (Sef edrych arno o gwbl.) Efallai mai dyna wnaeth arwain at y foment dyngedfennol pan laddodd ddyn yng Nghastell-nedd. Un ergyd. 'I am sentencing you to eighteen years in prison for the manslaughter of Mr Terry Gifford.' A theulu'r anffodusyn yn cymeradwyo o'r oriel gyhoeddus.

Tawelodd Rob yn y carchar – oherwydd bod rhaid iddo. Roedd y lle'n llawn giangstars a llofruddwyr a bois oedd yn fodlon llofruddio am arian, neu fel ffafr neu fel jôc. Byddai rhai'n cymharu'r lle â sw ac roedd 'na wirionedd yn hynny. Ambell lew. Ambell deigr. Digonedd o anifeiliaid gwyllt y tu hwnt i gael eu dofi. Yn enwedig ym Mloc D. Gochel rhag mynd yno.

Setlodd Rob i fyd o ddarllen. Llwyddodd i gael sbectol newydd, oedd yn wyrth ynddo'i hunan, gan ystyried nad oedd Roger yn y gell drws nesa wedi cael cymaint â ffon i'w helpu wedi iddo dorri ei goes. Torri ei goes wrth geisio hongian ei hunan. Eironi a thri chwarter.

Tra byddai Rob yn troi'r tudalennau yn eiddgar, byddai Pete wrthi'n rhedeg ei farchnad fach: gallai Pete gael gafael ar unrhyw beth, bron. Cyffuriau o bob math, gan gynnwys ambell un newydd oddi fewn i'r Gwasanaeth Iechyd gan fod cefnder Pete yn gweithio fel nyrs seiciatrig yn Bradford ac yn dod i weld Pete yn weddol aml. Gallai'r ddau gyfnewid pethau yn yr ystafell ymweld, dim ond bod Bennett ar ddyletswydd, oherwydd roedd e'n hapus i droi cefn ar unrhyw beth doji os derbyniai swm deidi o arian yn ei gyfrif banc. Aeth ar saffari y llynedd gyda'r arian dderbyniodd gan Pete: bu bron iddo ddanfon carden bost 'nôl i HM Prison Wakefield. Llun ohono fe'n sefyll o flaen coeden lle blagurai siâp *cheetah* ymhlith y canghennau, ei guddliw'n peri iddo ymdoddi i mewn i'r dail.

Ar ben-blwydd Rob mae Pete yn gofyn iddo beth fyddai'n dymuno ei gael fel anrheg.

'. . . Anything you like. Within reason, bro.'

'Anything?' gofynnodd Rob.

'Anything.'

Roedd pendantrwydd yn llais Rob fel petai'n berchen ar Ogof Aladdin, neu o leiaf bod ganddo *genie* ym mhoced ei oferôls.

Synna Pete pan mae Rob yn gofyn am ddarn mawr o sialc gwyn, ac mae'n ei chael hi'n anoddach cael gafael ar hwn nag ar gyflenwad o *ketamine*, neu un o hoff gyffuriau eraill trigolion Bloc C. Ond erbyn diwedd y dydd mae wedi llwyddo i wneud, ac nid yn unig darn mawr o sialc gwyn, ond bocs o sialcs o bob lliw.

Gyda'r rhain mae Rob yn tynnu llun ffenest ar wal y gell, y ffrâm ac wedyn y darnau pren sy'n gwneud siâp y groes oddi fewn i'r ffrâm.

'I guess you can imagine what's out there, looking through the window,' awgrymodd Rob, oedd yn dal i geisio deall pam iddo dynnu'r llun sialc, y diagram syml.

'Not really. I'll be looking *at* this window. Looking *at* it, not out of it.'

Sydd ddim yn helpu Pete o gwbl, ond eto mae e a'i gyfaill-garcharor yn eistedd ar eu gwelyau yn syllu'n dawel ar y ffenest wedi ei gwneud o sialc, yn amlinell wen ar wal o frics tywyll.

'What do you see?' gofynnodd Rob.

'White on red. Chalk on brick,' atebodd Pete a.k.a. Aladdin. 'You?'

'The same.'

Dros yr wythnosau daeth Rob i ddeall sut roedd y llinellau syth yn amlinellu'r hyn roedd dyn yn dymuno ei gael, sef cael bod yn yr olygfa ar yr ochr draw. Dyna'r olygfa na fedrai Rob hyd yn oed ddychmygu'n glir iawn oherwydd roedd wedi bod mor hir ers iddo weld cefn gwlad neu ddafad neu enfys neu fryn. Roedd pethau fel'na ar goll yn niwl y gorffennol, fel arogl persawr ei wraig, neu gynhesrwydd ei gwên.

Ambell waith, yn ystod yr orig fach, dynn o'r hyn a basiai fel ymarfer corff – hynny yw, cerdded naill ai'r un ffordd â'r cloc, neu'r ffordd arall o gwmpas yr iard – gallai Rob weld adar yn hedfan heibio.

Colomennod oedd y rhain gan amlaf, a'r rheiny'n rhai dinesig, brwnt fel petaen nhw newydd gael bath mewn dishgled o huddygl, ond ambell waith gwelai jac-y-do, ac unwaith, o, unwaith gogoneddus, gwelodd hebog tramor. Roedd yn hollol, hollol siŵr taw hebog tramor oedd e – yn rhoi braw i'r adar eraill wrth iddo grymanu tuag atynt, cyn codi fry uwchben wrth i Rob gadw llygad ar y corff yn troi'n smotyn. Ac yna o'r entrychion, o'r stratosffer uwchben dinas Wakefield plymiodd, disgyn fel carreg a bwrw aderyn yn fflwch o blu, gan dorri ei ben oddi ar ei ysgwyddau cyn i'r ddau gwympo'r ochr arall i'r wal.

Ni choeliai Pete y stori bu Rob yn ei hadrodd y noson honno, ond nid hawdd fyddai cael Pete i dderbyn unrhyw beth y noson honno, gan ei fod wedi chwistrellu *ketamine* rhwng bysedd ei draed ac roedd y cyffur yn ddigon i roi ceffyl i gysgu, yn llythrennol. 'If you can't beat them, join them,' oedd ei resymeg. Fel rhywun oedd yn gwerthu cacennau siocled i bawb ond erioed wedi cael y cyfle i flasu'r un o'i ddanteithion ei hunan.

Cysgodd Pete fel dyn marw'r noson honno tra bod Rob yn megis hedfan uwchben y toeau llwydion wrth ail-fyw'r foment pan hedfanodd yr aderyn ysglyfaethus i mewn i'w fyd cyfyng, gan ei hollti, megis, fel haid o adar.

Dyn mileinig oedd warden y carchar ac un o'r ffyrdd lu roedd yn mynegi agwedd greulon ei natur oedd drwy'r dewis a wnâi o ffilmiau ar gyfer 'Thursday Night is HMP Movie Night'. Roedd pob un anad dim yn ffilm am fod yn y carchar ac felly allai neb ddianc am ddwy awr, cael dianc o fyd y jail drwy wylio ffilm ond wedyn darganfod bod y ffilm am fod yn y jail. *The Shawshank Redemption*, yn seiliedig ar lyfr Stephen King. *Animal Factory,* gyda Willem Defoe yn chwarae hen *lag* yng ngharchar caled San Quentin, lle edrychai ar ôl *newbie* ifanc, gan warchod yr oen rhag y bleiddiaid. Ond prin oedd y ffilmiau lle'r oedd y carcharorion yn llwyddo i ddianc. Dim *The Great Escape* nac *Escape from Colditz*, rhag ofn bod y mwfis yma'n plannu syniadau, yn dangos sut i dorri'n rhydd.

Ar y ffordd i mewn i'r 'sinema' roedd blwch bach wedi ei farcio gydag 'Any Requests' a phrin y byddai rhywun yn gwneud cais am ffilm oherwydd gwyddent y byddai

Beelzebub – sef yr enw a ddefnyddiwyd gan bawb ar gyfer y warden dieflig – yn rhwygo cais o'r fath yn ddarnau mân, gan fwynhau ei hunan wrth wneud, fel y byddai'n dryllio breuddwydion a gobeithion.

Ond roedd Rob yn meddwl ei fod yn werth cael *go*. Sgrifennodd enw ffilm ar ddarn o bapur a'i roi yn y blwch, gan wneud yn hollol siŵr fod un o'r sgriws yn ei weld.

Rhaid bod Bub wedi meddwl mai jôc wael oedd yr awgrym, sef y cais i ddangos *The Birdman of Alcatraz* lle'r oedd Burt Lancaster yn mabwysiadu aderyn gwyllt hedfanodd i mewn i'r gell. Neu o leia wedi gwerthfawrogi'r eironi o dderbyn y fath gais, oherwydd deufis yn ddiweddarach dyma nhw'n dangos y ffilm a Rob yn ei mwynhau'n fawr, yn enwedig oherwydd ei fod wedi rhannu sbliff gyda Pete cyn mynd i'r *matinée* yn y ffreutur oer Fictoraidd.

Am ffilm, meddyliodd Rob. Un aderyn bach yn cynrychioli rhyddid i'r carcharor, ac yn fwy na hynny yn stori wir! Stori wir! Pythefnos yn ddiweddarach, pan gafodd Rob ei awr statudol o fod ar-lein, dyma fe'n darllen am Robert Stroud, llofrudd a dreuliodd gyfnod hir mewn *solitary confinement* – 43 mlynedd allan o'r cyfanswm o 54 mlynedd dreuliodd mewn carchardai o Springfield, Missouri i'r enwog Alcatraz mewn cell ar ben ei hunan. Tra oedd yno datblygodd Stroud i fod yn arbenigwr ar glefydau adar, ac yn wir cyhoeddwyd llyfr o'i eiddo, *Stroud's Digest on the Diseases of Birds*, ac roedd yn ysbrydoliaeth i Rob. Am ychydig. Am ryw flwyddyn cyn bod rwtîn-lladd-ysbryd-dyn yn sugno'r gronynnau bach o obaith a lechai rhywle yn ddwfn yn ei grombil, yn eu casglu o waelod y pydew diwaelod lle na allai olau haul na lleuad fyth, fyth gyrraedd. Terfyn y düwch perffaith. Y tu fewn i garcharor oedd wedi cyrraedd terfyn anobaith.

Ni allai rhoddion cemegol Pete wneud dim i godi ysbryd Rob, yn enwedig nawr bod Pete wedi dechrau cyfri'r dyddiau cyn y gallai gamu'n rhydd, er na ddywedodd air am hyn wrth Rob, gan wybod y byddai hyn fel lladd y dyn. Fel trywanu Rob â charreg drom. Rhai dyddiau ni fyddai ei gyd-garcharor yn gwneud dim byd mwy nag eistedd ar ochr ei wely fel tase fe allan ar lej ar y 58fed llawr o ryw nendwr yn rhywle, ac yn asesu'r lles y byddai'n gwneud i'r ddynolryw ei fod yn cwympo'n farw, neu farw drwy gwympo, yn disgyn fel carreg neu hebog i fwrw'r concrit oddi tano. Ni fyddai'n dweud bw na ba wrth neb, ac wrth gwrs doedd y doctoriaid ddim am wneud dim byd, oherwydd roedd Beelzebub yn bendant ei farn taw smalio oedd Rob. Taw smalio oedd pob un o'r rheiny oedd yn isel eu hysbryd.

Ar ddiwrnodau felly gallai Pete ond meddwl am weddïo, gan ddiawlio'i hunan nad oedd yn gwybod sut i wneud, na chofio brawddeg o'r gweddïau a ddysgodd yn yr ysgol yr holl flynyddoedd yn ôl: 'Iesu tyner, rhywbeth, rhywbeth… Cymer fi a'm holl bechodau lu, pechodau fi. Rhywbeth.'

Mae Pete yn gwybod bod pethau wedi mynd yn wael iawn i Rob pan mae ei gyfaill yn rhoi'r gorau i ddarllen. A bwyta. A phrin yn yfed dŵr. Fel tase fe am ymadael â'r dwthwn hwn, ei fod am hunan-ladd ond am wneud hynny'n araf. Cam wrth gam yn cerdded tuag at erchwyn clogwyn, gan glywed tonnau mawr yn taranu wrth iddynt siglo'r creigiau.

Yn ei unigrwydd mae Rob yn clywed y gân yn fwy aml, yn clywed am y gwynt sy'n dod i'r drws bob bore.

Nid yw'r awdurdodau yn becso rhyw lawer. Mae angen

lle arnyn nhw er mwyn lleihau'r rhestr aros. Gormod o droseddwyr a dim digon o le ar eu cyfer yng ngharchardai'r wlad. Os byddai Robert Leroy Williams yn trigo byddai rhywun newydd yn y gell unwaith bod arogl y disinffectant wedi pylu. Felly ni ddaeth doctor ar gyfyl y lle. Er i Pete ofyn fwy nag unwaith. Erfyn arnyn nhw. Ceisio cynrychioli ei ffrind fel byddai cyfreithiwr.

Dim ond Pete sy'n poeni oherwydd mae e wedi dod yn hoff o'r Cymro darllengar, tawel ei ffordd. Mae e'n ei weld yn gwywo, ac yn gwywo ychydig bach ei hunan, yn enwedig oherwydd nid oes ateb i hyn: mae'n gwybod bod Rob yn mynd i lithro o dir y byw am ei fod yn dymuno hynny. Beth all achub y dyn? Dyw e byth yn cael ymwelwyr, felly nid oes ganddo unrhyw beth i edrych ymlaen ato, yn enwedig nawr ei fod wedi rhoi'r gorau i ddarllen, a'r pleser a arferai ddod o agor tudalennau llyfr newydd roedd e wedi bod yn disgwyl ymlaen i'w ddarllen.

Mae Rob yn gwaethygu'n ddyddiol, yn diflannu fesul awr. Ei groen yn dynn am ei esgyrn. Y gwaed yn twchu. Yr anadlu'n anodd ac mae Pete yn gorfod gweiddi am help bob hyn a hyn, er nad oes neb yn dod ar ruthr. Gellir dadlau bod anifeiliaid mewn sw yn cael gwell gofal o bell ffordd.

Un bore, pan mae'r Bloc yn rhyfeddol o dawel – gan amlaf mae 'na rywun yn gweiddi neu'n sgrechian o fore gwyn tan nos – mae Rob yn gweld stribed o olau ar hyd rhimyn drws y gell, wrth i gil y drws agor yn raddol, heb fod swyddog carchar ar gyfyl y lle. Dim ond drws yn raddol agor wrth ei hunan er mwyn i Rob weld yr olygfa yn lledaenu o'i flaen…

Y nant fach arian yn byrlymu'n soniarus wrthi iddi dorri trwy'r caeau, ac yn y mannau gwlyb mae blodau mawr melyn yn tyfu ac yn disgleirio. Gwartheg yn pori'n hamddenol a phob un yn rhoi fflic gyda'i gynffon bob hyn a hyn i ddisetlo'r clêr. Gwenoliaid fel bwledi bach yn saethu i bob cyfeiriad a sŵn y gwcw'n atseinio o'r perthi. Dim cwmwl yn y nen a'r haul yn gryf, yn llifoleuo'r bryniau, y coedwigoedd a'r cloddiau cefn gwlad o gwmpas bwthyn ei fam-gu.

Ac mae hi'n sefyll yno, ar stepen drws, gyda'r siôl yn barod i'w anwesu er nad yw'n fachgen bach dim mwy, ond yn ddyn, yn garcharor. Ond mae'n gwybod ei bod yn ddigon cryf i'w godi oddi ar ei draed, a'i wasgu mor dynn nes ei fod yn clywed curiadau ei chalon. Y rhai sy'n swnio fel yr hen gloc yn y parlwr y tu ôl iddi. Yr un sy'n tician, tician, tician wrth fesur sawl munud sydd mewn dydd, a pha mor hir mae'n cymryd iddo gerdded ar draws y gwair. Mae Rob yn nesáu ati fesul cam, yn ymwybodol fod y gell y tu ôl iddo a'i fod wedi ei rwydo unwaith ac am byth yng nghariad yr hen fenyw, ei fam-gu dyner gyda'i llygaid sy'n pefrio, y fenyw gyda'r trugaredd di-ben-draw. I fynwes ei maddeuant llwyr

LOIS ROBERTS

Y PHOENIX

Nid fel hyn roedd i fod i edrych. Roedd y ddalen i fod i lynu at y pren yn hawdd fel bod modd brwsio drosti'n ysgafn gyda brwsh sych i greu'r effaith *patina*. Ond wrth iddi straffaglu i osod y ddalen yn syth, roedd y brwsh yn dadwneud ei gwaith caled a naill ai'n symud y ddalen aur neu'n ei rhwygo, gan greu twll a ddangosai'r pren oddi tani. Doedd hi ddim yn cael unrhyw lwc gyda'r *gold leaf*.

Safodd yn ôl i werthuso ei gwaith ar y panel. Nid oedd yn edrych cynddrwg â hynny o bell. Trodd at Bette Davis i gael sêl ei bendith hithau. Nid oedd Bette mor siŵr. Bette oedd ei beirniad ffyrnicaf.

Sychodd y chwys a'r dafnau o aur oddi ar ei thalcen â chefn ei llaw cyn gosod y brwsh ar y grisiau. Aeth i'r gegin i wneud dishgled. Estynnodd am fŵg a thanio'r tegell. Pwysodd ar y cownter, wedi ymlâdd, a dim ond hanner dydd oedd hi. Roedd y gegin wedi gweld dyddiau gwell. Roedd y cypyrddau fformica oren o'r saithdegau yn edrych yn llwm a thrist. Concrit oedd y llawr gydag ambell deilsen frown fel tyllau gwaddod yn y corneli. Roedd hi wedi rhoi sgwrad da i'r ystafell ond roedd angen gwario tipyn arni a doedd neb ond hi, Cara, a'r staff newydd yn debygol o'i gweld, felly doedd dim pwynt gwastraffu arian.

Estynnodd y llaeth o'r oergell a dal y carton at ei thalcen, gan fwynhau ei gusan oer. Gyda'i dishgled yn ei llaw a dwy waffer binc rhwng ei dannedd, dychwelodd at y paneli yn y cyntedd.

Syllodd ar ei chynulleidfa ar y grisiau; sêr y sgrin o'r tridegau a'r pedwardegau – Clark Gable; Jean Harlow; James Cagney; Humphrey Bogart; Burt Lancaster; Rita Hayworth; Spencer Tracy; Joan Crawford; Lauren Bacall. Roedd rhyw ugain o bosteri du a gwyn yn esgyn ar hyd ochr y grisiau i'r awditoriwm. Roedd hi wedi dod i adnabod y criw i gyd a byddai'n troi atyn nhw am gysur yn aml. Pan fyddai'r gwaith yn teimlo'n ddiddiwedd; pan fyddai ceisiadau grant yn cael eu gwrthod; pan fyddai ei pherthynas hi a Cara yn teimlo'r straen; roedden nhw yno'n gefn iddi, a phob gwên felfedaidd yn taflu ychydig o sbarcl Hollywood dros yr hen le. Pob un ond Bette Davis; y poster cyntaf un ar waelod y grisiau. Roedd Bette wastad yn amheus. Byddai Bette'n gwgu ar y gwaith peintio rywsut-rywsut; yn rholio'i llygaid pan fyddai hi'n gadael i'r adeiladwyr gael egwyl arall fyth ar ddiwrnod twym; yn cuchio pan fyddai dewis papur wal i'r tai bach yn cymryd gormod o amser. Doedd dim plesio Bette.

Er gwaetha ei horig rwystredig gyda'r *gold leaf*, roedd yn rhaid iddi gyfaddef bod y lle'n edrych yn rhyfeddol. Roedd y teils *terrazzo* du, gwyn a phinc yn y cyntedd yn rhai gwreiddiol. Ni fu angen gwneud dim iddynt heblaw eu golchi'n drwyadl. Roedd yr un peth yn wir am y swyddfa docynnau. Roedd y paneli derw wedi'u staenio'n frown tywyll, yn llyfn fel menyn ac yn sgleinio'n flasus yn y golau canol dydd. Safai'r hen arwydd uwch ei phen mewn ffont *art nouveau* – PHOENIX WELFARE HALL CINEMA. Oddi tano roedd arwydd arall yn pwyntio at y grisiau i'r awditoriwm – STALLS, UPPER CIRCLE, GALLERY.

Roedd yr awditoriwm ei hun yn ystafell hirsgwar yn debyg i gapel, gyda balconïau ar dair ochr wedi'u cynnal ar golofnau haearn. Roedd gan y proseniwm sgwâr gorneli cromfachog ac architraf gwyn wedi'i fowldio'n gain. O flaen y proseniwm roedd rhesi o seddi melfed coch a dwy ystlys lydan. Ar y waliau roedd goleuadau ar ffurf dail a blodau cywrain.

Ailafaelodd yn y brwsh a mentro at y paneli ar ben y grisiau. Roedd llai na mis i fynd tan yr agoriad swyddogol; yr ailagoriad. Roedd y blynyddoedd o waith caled yn dirwyn i ben. Meddyliodd amdanyn nhw'n symud i'r cwm rhyw dair blynedd yn ôl. Roedd Cara newydd golli ei swydd gyda chwmni yswiriant Admiral yng Nghaerdydd. Felly, dyma werthu eu fflat yn y Bae a mentro i'r cymoedd, lle'r oedd prisiau tai'n fwy rhesymol. Roedd ei mam-gu yn byw yn y Gelli, felly roedd hi'n teimlo cysylltiad â'r ardal honno erioed. Ymgartrefodd y ddwy yn eu tŷ teras yn Llewellyn Street, Pentre. Dylunydd graffeg oedd hi, felly gallai weithio o gartref yn ddidrafferth a chyn pen dim cafodd Cara waith yn adran farchnata'r coleg yn Llwynypïa. Ymddangosai fel petai popeth yn disgyn i'w le a blynyddoedd o fywyd bodlon yn y cwm yn ymestyn tua'r bryniau.

Ond ar un o'u troeon cyntaf o gwmpas y strydoedd gyda Martyn y ci, dyma ddigwydd taro ar y Phoenix. Roedd yr hen sinema yn adfail yng nghanol y stryd fawr yn Nhon Pentre; y ffenestri wedi'u chwalu a phlaster y talcen yn pilio fel wyneb hen actores. Serch hynny, roedd y baeau o flaen y brif fynedfa yn frith o gerrig rwbel patrymog gydag addurniadau nadd. Sbeciodd drwy'r ffenest, heb sylwi ar y creithiau graffiti, a gweld coesau dur coeth y canllaw yn esgyn yn bryfoclyd i'r llawr uwchben. Bu hon yn seren yn ei dydd, meddyliodd. Ac yn y fan a'r lle, plannwyd hedyn.

Ychydig fisoedd yn ddiweddarach, daeth arwydd pendant fod ei ffawd hi ac un y Phoenix ar fin cydblethu. Roedd hi a Cara wedi mynd i aros gyda'i mam am benwythnos. Am ddim rheswm penodol, tra oedd Cara yn y gawod, roedd hi'n twrio yn nrôrs hen fwrdd ymwisgo a arferai berthyn i'w mam-gu. Ac yno ymhlith y broetshis a'r sgarffiau sidan roedd llun du a gwyn – llun o dair merch yn eu hugeiniau wedi'u gwisgo fel morynion salŵn yn gafael yn ei gilydd ac un goes yn yr awyr. Adnabyddodd ei mam-gu yn syth; hi oedd yr un â'r wên fwyaf a'r coesau mwyaf siapus. Ar gefn y llun, mewn llawysgrifen gymen a chyfarwydd, roedd y geiriau 'Evelyn, Betty a fi – *Calamity Jane*, Mid Rhondda Amateur Operatic Society, Phoenix Ton Pentre, 1962'. Aeth ias i lawr ei chefn.

Felly, dyna ddechrau ar y gwaith o ddifrif o godi arian i brynu ac adnewyddu'r Phoenix. I ddechrau, nid oedd y trigolion lleol yn rhy siŵr am y ddau ddieithryn â'r acenion dinesig yn prynu eu sinema nhw. Ond ar ôl misoedd lawer o droeon nosweithiol o amgylch strydoedd Pentre a Thon Pentre gyda Martyn; loc-in neu ddau yn y New Inn; ymddangosiadau cyson yn y *park run* ym Mhontypridd ar fore Sadwrn; croesawyd y ddwy o'r ddinas.

Lansiwyd ymgyrch 'Achub y Phoenix'. Crëwyd gwefan, cyfrif Twitter a hashnod arbennig #achubyphoenix. Oherwydd ei dawn dylunio, digon hawdd oedd creu taflenni a phosteri deniadol i ddangos mai menter ddifrifol oedd hon. Cafodd sylw ar Rhondda Radio a GTFM a rhoddwyd bwced codi arian mewn siopau ar hyd ac ar led y Rhondda Fach a'r Rhondda Fawr. Soniodd Aelod Seneddol am y prosiect ar lawr y Senedd ac ymunodd Maer Rhondda Cynon Taf yn y ras hwyl i godi arian yn Barry Sidings. Bu bron iddi gwympo oddi ar ei chadair pan ddysgodd fod yr actor Michael Sheen wedi ymuno yn y frwydr. Pan ymddangosodd ar *The One Show* i hyrwyddo'i raglen deledu newydd, cofiodd roi sylw i'r Phoenix ac i'r hashnod. Codwyd pum mil o bunnoedd y noson honno.

Daeth hi'n arbenigwr ar lunio ceisiadau grant. Treuliodd fisoedd wrth ei gliniadur ar ford y gegin gyda Martyn yn cylchu ei thraed – Llywodraeth Cymru, Ffilm Cymru Wales, Canolfan Ffilm Cymru, Cronfa Gymunedol y Loteri Genedlaethol, Cyngor y Celfyddydau, Rhwydwaith Cynulleidfaoedd Ffilm BFI, Sefydliad Esmée Fairbairn. Roedd y rhestr yn faith a'r coffrau'n gwagio cyn gynted ag y byddent yn llenwi.

Nawr, roedd esgyrn y seren yn wydn ond roedd degawdau o fandaliaeth a lleithder wedi ei blino. Ar ben hynny, roedd y lle'n nyth o lygod a nodwyddau. Y gwir amdani oedd, nid oeddent wir wedi ystyried y dasg anferthol o'u blaenau. Drwy drugaredd, nid oedd yr hen elyn cyfarwydd i lawer o adeiladau'r cymoedd, ymsuddiant, wedi effeithio ar y Phoenix, ond pe bai gan y lle do, byddent wedi rhoi'r ffidil ynddo sawl gwaith.

Ond allai hi ddim siomi'r trigolion. Bob tro byddai'n mynd i mewn i siop neu dafarn yr un fyddai'r sgwrs bob tro: ''Ow's our Phoenix coming along?', 'I can't wait to see it when it's done.' Allai hi ddim gadael ei mam-gu i lawr chwaith. Heb os, ei mam-gu oedd y fenyw fwyaf drwsiadus a gosgeiddig a welodd erioed. Roedd hi'n aml yn meddwl, beth petai pethau wedi bod yn wahanol, a llwybrau ei mam-gu wedi cael ymestyn yn hwy. Byddai ei phoster hi ar y wal yn gwmni i Bette Davis – y seren ddisgleiriaf un.

Ac ar ôl tair blynedd hir o fwcedi codi arian, ffurflenni cais cymhleth, a seboni gwleidyddion dros sosej rôl, roedd y lle ar fin agor. Allai hi ddim credu'r peth. Trawodd ddalen aur arall ar y panel yn hapus a'i frwsio'n ysgafn. Roedd honno'n berffaith y tro hwn. Byddai Bette'n fodlon.

Cyn pen y mis, ar noson glòs yng nghanol Mehefin, ailagorodd y Phoenix, Ton Pentre. Cynhaliwyd pleidlais yn hen lyfrgell y Porth i benderfynu pa ffilm a ddylai gael ei dangos yn yr agoriad swyddogol a'r enillydd, o drwch blewyn, oedd *Proud Valley*. Roedd holl drigolion Pentre a Thon Pentre wedi dod ynghyd, a'r cynghorwyr a'r gwleidyddion a fu'n gefnogol i'r prosiect. Gosododd Cara garped coch ar y llawr *terrazzo* yn y cyntedd a darparodd y New Inn y *canapés* a'r gwin am ddim i gefnogi'r agoriad.

Yn anffodus, er mawr siom i'w chwaer yn arbennig, doedd Michael Sheen ddim ar gael y noson honno felly torrwyd y rhuban gan y Maer. Ar ôl awr o sgwrsio'n barchus a stwffio *canapés* yn y cyntedd, roedd hi'n amser dangos y ffilm. Safodd hi a Cara ar waelod y grisiau i hebrwng y dorf i fyny i'r awditoriwm, heibio'r sêr Hollywood. Wrth wneud, sylwodd fod y poster Bette Davis wedi disgyn oddi ar y wal ac wedi glynu at ei sawdl. Estynnodd bad bach gludiog o'i phoced ac ailosod y poster yn frysiog. Gwnâi hynny'r tro am nawr, ond byddai'n well iddi roi'r lluniau mewn ffrâm ddydd Llun. Roedd Bette'n dal i wgu.

Unwaith roedd y gynulleidfa wedi ymgynnull yn seddi moethus yr awditoriwm, safodd o flaen y dorf a dweud ychydig eiriau am y siwrnai o'i adnewyddu. Doedd hi ddim yn cofio'r hyn ddywedodd; tynnwyd ei sylw gan un o'r goleuadau cam ar y wal gefn. Jobyn arall ar gyfer bore Llun, meddyliodd, cyn dianc i'r ystafell daflunio uwchben.

Dyma oedd ei hoff le yn yr adeilad – y cocŵn bach tywyll. Edrychodd draw at Cara a oedd wrthi'n lasio'r ffilm drwy'r taflunydd; rhychau canolbwyntio ar ei thalcen. Chwarae teg, roedd wedi cymryd at rôl y tafluniwr fel petai hi wedi bod wrthi erioed. Bu Cara'n pori drwy lyfrau ers misoedd ac roedd wedi bod ar gwrs arbennig. Meddyliodd am y tafluniwr crefftus yn ei ddydd, yn sefyll rhwng y ddau daflunydd yn dal y ddolen a oedd yn cau'r golau, tra oedd y gynulleidfa islaw yn ymgolli yn hud y sinema. Meddyliodd amdano'n uno dau rolyn o ffilm; yn crafu'r emwlsiwn oddi ar un darn ac yn rhwbio'r ochr sgleiniog, cyn gosod hylif i ludo'r ddau ddarn – y sment. Roedd arogl yr hylif yn dal i lynu'n ystyfnig i waliau'r ystafell fechan.

Estynnodd am y gwydr plastig ac yfed llymaid o'r gwin cynnes. Dringodd ar ben y stôl uchel rhwng y ddau daflunydd. Ciciodd ei sodlau oddi ar ei thraed a chymryd llymaid arall. Sylwodd ar y dafnau paent yn frychni ystyfnig ar ei dwylo, cyn sbecian drwy'r ffenest fach i lawr ar yr awditoriwm.

Roedd hi wedi gweithio'n galed i gadw at arddull y sinema wreiddiol. Roedd llawer o'r nodweddion gwreiddiol mewn cyflwr da, ond gyda'r darnau yr oedd angen eu hailwampio gwnaeth bob ymdrech i ddod o hyd i gelfi o'r cyfnod neu o'r un arddull o leiaf. Teithiodd i ocsiynau ar hyd ac ar led Prydain. Cofiodd am un frwydr arbennig o ffyrnig mewn ocsiwn yn Wolverhampton i ennill drychau enfawr â thrim aur. Hi a hen wraig o ryw blasty yn Swydd Efrog yn cynnig yn erbyn ei gilydd a gallai daeru ei bod hi'n gweld stêm yn codi o ben yr hen wraig. Ond buddugoliaeth i Gymru oedd hi, ac roedd y drychau cain bellach wedi ymgartrefu'n falch ar wal gefn yr awditoriwm. Roedd hi wedi casglu (neu 'guradu' i ddefnyddio term y cylchgronau) seddi, paneli, arwyddion a phob math o addurniadau bychain i'r sinema fach i ddod â'r oes a fu yn fyw.

Ac erbyn hyn, roedd holl drigolion y pentref, ei ffrindiau newydd, yno'n edmygu ei hymdrechion. Roedd y lle'n llawn a phawb yn sgwrsio ac yn chwerthin yn iach ar noson gynnes. Gwenodd ar Cara wrth iddi bylu'r goleuadau ac agor y llenni. Taniodd yr hen daflunydd a thawodd y dorf. Rhoddodd Cara ei braich amdani a sibrwd, 'Ti 'di neud e.' Wrth i'r geiriau 'Proud Valley' lenwi'r sgrin, cymeradwyodd y dorf yn awchus. Ochneidiodd ei rhyddhad, caeodd ei llygaid a gwrando ar grwnial hypnotig y taflunydd.

Yn y cyntedd, dim ond synau myglyd y ffilm yn yr awditoriwm uwchben oedd i'w clywed. Roedd y drysau ffrynt ar agor led y pen a daeth chwa o wynt hafaidd i gosi'r plygion ar boster Bette Davis. Am eiliad, edrychai Bette fel pe bai'n gwenu. Tynnodd yr ail chwa'r poster yn llwyr o'r wal, a'i gario'n fud ar hyd y llawr *terrazzo* tua'r drws.

GARETH EVANS-JONES

LLYCHYN DANT Y LLEW

Pump o'r gloch. Chwech o'r gloch. Saith o'r gloch…

Ti'n cyhoeddi i'r mynyddoedd a'r defaid o dy gwmpas ei bod hi'n saith o'r gloch, er mai newydd godi o'i wely ma'r dwrnod. Ac o dy flaen, ma'r plu-llwch yn dal i syrthio, yn glanio'n dawal ar ôl iti'u chwthu nhw'n rhydd oddi ar ben y blodyn. Ma'r wên yna'n dal i lenwi dy wynab 'fyd. Gwên-isio-chwthu, fel chwthu canhwylla oddi ar gacan pen-blwydd, ac eto, tu ôl i'r wên, tu ôl i'r fawd 'na sy'n dynn, dynn am goesyn y dant y llew, ti ddim isio chwthu bob un llychyn llwyd oddi arno chwaith. Yn nag w't?

Yn nag w't, Wil?

∗ ∗ ∗

'Ych! Ti'n sgym!'

'Be?'

'Lili-pipi-gwely! Fydd Wil a'i wili'n pipi'r gwely!'

'Cau dy geg!'

'Wil a'i wili'n pipi gwely. Wilaiwili-pipigwely. Wilawilipipigwely.'

Doedd Wil ddim wedi dychmygu mai dyna fyddai'r teimlad, na chwaith mai dyna sut fyddai yntau wedi ymateb.

Pan fyddai rhywun yn taflu dwrn mewn ffrae ar y teli (ac o'i flaen, unwaith, hefyd), digwyddai'r cyfan mor llyfn, mor dwt o drwsgl; pob tro mewn slô-mô, a sbrencs gwaed yn tasgu. Nid felly roedd hi'r bore hwnnw. Wedi'r ergyd, gollyngodd Wil sgrech a nythu'i gorff cyfan, bron, am ei ddwrn, wrth i hwnnw ganu'n boeth.

A'r noson honno, wedi i'w law dde sadio a llais y brifathrawes gilio, i'r tu ôl i'w glustiau o leiaf, mi ddeffrodd. A gweld y sêr cogio roedd o wedi eu sticio ar y nenfwd sbel yn ôl yn batrwm uwch ei ben.

'Lime green... Dyna 'dy lliw glow in the dark, 'de?'

Caeodd Wil ei lygaid cyn eu hagor eto, a'u gweld nhw o'i flaen, yn wenau cynnes, a gofynnodd, 'Dyna ydy lliw glow in the dark, 'de?'

'Ia, tad,' atebodd yntau yn y man.

'Be sy'n gneud nhw glowio yn y dark 'ta?'

Cododd yntau ei ysgwyddau a thynnu wyneb gwirion, cyn gofyn, 'Be wyt ti'n feddwl?'

Anadlodd Wil ac astudio'r sêr bob siâp. A hira'n byd roedd o'n edrych ar y nenfwd, sicra'n byd roedd o fod y sêr yn dechrau wincio, fel rhyw griw o bobl yn codi llaw o'r gorffennol. Achos dyna ydy'r sêr, meddyliodd Wil. Dyna ddywedodd Nathan wrtho un diwrnod gan stwffio'i ffôn dan drwyn Wil i ddangos y llun. Sêr 'stalwm yn dweud helô.

'Paent sbesial!'

Daeth y geiriau o geg Wil fel potel bop yn saethu'n agored, a'r swigod yn chwydu'n sisial mân o geg y botel.

'Paent sbesial, ia?' gofynnodd yntau. Nodiodd Wil. Nodiodd yntau hefyd. Ac fel petai potel bop arall wedi ffrwydro, trodd Wil ei ben ac edrych arno fo'n eistedd ar waelod y gwely.

'Ti efo paent sbesial 'fyd, dw't!'

'Ydw i?'

'Wel, ti'n glowio yn y dark 'fyd!' meddai Wil.

Gwenodd yntau, ei lygaid yn gloywi, fel sêr 'stalwm.

'Ond ti'm efo enw.'

'Na. Ti'n iawn... Be ydy enw fi 'ta?'

Meddyliodd Wil, cyn dechrau sisial enwau dan ei wynt. Cofrestr o enwau mewn difri, ac roedd yntau, ym mhen y gwely, yn gwylio Wil yn rhestru'n fodlon. Ac yn dal ati wrth i'r grisiau wichian yn drwsgl. Wrth i'r ysgwydd lusgo ar hyd papur wal y landin. Wrth i'r sŵn-llif-melyn lanio'n boeth yn y dŵr drws nesa.

'Ti'm efo enw. Ti'm angan un.'

Nodiodd yntau, a gwenodd Wil. Heb ddweud gair arall.

☆ ☆ ☆

Un anrheg roedd o'n cael ei hagor heddiw. Dyna'r rheol a osodwyd. Un anrheg. Ac un fesul y diwrnodau nesa. Ac roedd Wil wedi ymgolli yn y golau gwneud oedd yn pipian drwy ddail y goeden blastig; yn eistedd ar ei bengliniau, bron fel petai'n addoli'r goeden a'r angel heb adenydd uwchben.

Roedd ei dad wedi rhoi'r anrheg i'w fam er mwyn iddi hi ei rhoi i Wil. A dyna ddigwyddodd. Rhyw Pass the Parcel heb gerddoriaeth o beth, a heb y cynnwrf cynnes. Ond yr eiliad y glaniodd y pecyn yn ei ddwylo, yr eiliad y teimlodd Wil y papur wedi'i liwio gan gartwnau o geirw'n dawnsio, gwenodd. A gwenodd yntau hefyd. Roedd ei ffrind yn eistedd drws nesa iddo, efo'i goesau wedi'u croesi, ac yn annog Wil i rwygo'r papur mewn dim.

'Gobeithio 'dan ni 'di ca'l yr un iawn!' meddai'i dad, â chlychau bach rhydlyd yn ei lais.

'Agora fo!' sibrydodd ffrind Wil, a dyna a wnaeth: rhwygo'r papur â chynnwrf yn ysgwyd drwyddo.

'Sbia!' meddai'i ffrind yn wên i gyd.

Roedd Wil yn gegrwth a'i lygaid fel dwy soser wrth weld y set Lego y bu'n ei llygadu, yn rhythu arno bob tro yr âi efo'i dad i siopa. Yn ei ddwylo. Rŵan.

'Wel?' gofynnodd ei dad.

Ac ar yr union eiliad ag y cododd Wil ei ben i gyfeiriad ei rieni, a chyn i unrhyw air fentro o'i geg, siaradodd ei fam.

'Mae o'n hêtio fo, dydi…'

'O, naaa. Na, ma'n –'

''Udish i ma fel'ma 'sa petha, do?' Roedd Anna'n siarad efo'i gŵr, ond roedd y blinder fel rhwystr yn ei gorn gwddw fel na fedrai ei hateb hi.

'Dolig ffycin llawen, ia…' Doedd hi ddim yn gweiddi. Dim ond yn dweud y geiriau mewn llais gwastad. Ac er ei bod eisoes fymryn yn simsan, cododd ar ei thraed a cherdded i gyfeiriad y gegin.

Plygodd Wil ei ben eto i edrych ar y set Lego cyn edrych ar ei dad. Gwenodd yntau.

Roedd yna ddistawrwydd am chydig, a'r unig sŵn i'w glywed oedd y cwpwrdd dan sinc yn clepian ar gau. A thincial gwydrog oedd yn debycach i wich nag i gân.

'Be am i chdi agor o? Dechra bildio?' sibrydodd ei ffrind yng nghlust Wil a nodiodd yr hogyn, â dealltwriaeth hŷn na'i saith oed yn ei brocio, eto.

Ymunodd ei dad â Wil ar y mat dan y goeden a dechrau cael trefn ar y blociau bob lliw. Yn loyw, lân ac yn llyfn.

'Maen nhw'n oer,' meddai'i dad yn y man, â rhyw chwerthin bach yn ei lais.

'Ydyn…' atebodd Wil, ar ôl chydig eiliadau, gan edrych ar ei ffrind.

'Ond mi fyddan nhw'n gynnes mewn dim!' atebodd yntau, a gwenodd Wil. Gwenodd ei dad hefyd, y mymryn lleiaf un, wrth weld ei fab yn edrych i gyfeiriad y goeden, a rhyw dawelwch yn ei wyneb o weld y golau.

Aeth Wil ati wedyn â'i feddwl yn dynn ar y dasg i adeiladu'r tri char rasio – un coch, un glas ac un gwyrdd. Lime green.

'Lime green ydy lliw hwn, ia?' gofynnodd Wil i'w dad a chytunodd yntau.

'Be ydy leim?'

'Math o ffrwythyn 'sti.'

'Pa liw ydy o?'

'Wel…' oedodd ei dad am chwarter eiliad, 'gwyrdd.'

Nodiodd Wil wrth i'w lygaid grwydro'n araf bach o wyneb ei dad i'r nenfwd, i'r wal, i wal arall i wyneb ei dad eto, fel bag plastig mewn awel amhendant.

'So, ydy o'n lime green achos bod leims yn wyrdd?'

'Ydy, am wn i 'de.'

'So, os ti'm yn gwbod be ydy leims, 'sa chdi'm yn gwbod pa liw ydy hwn?'

Roedd llygaid ei dad yn crwydro dipyn erbyn hyn, ac yntau heb fath o syniad sut i ymateb. Dyna'r peth am Wil – ar brydiau, roedd o'n ddiniwed tu hwnt, yn 'dwp o ddiniwad', fel y dywedai ei nain ambell waith, ond ar adegau eraill, byddai'n gofyn y cwestiynau mwyaf dyrys, ac i'w dad, gan amlaf.

'Ella fydd Nathan yn gwbod 'li,' awgrymodd ei ffrind, ac ar hynny, trodd Wil ato a gofyn iddo fo'r un cwestiwn.

'Wel… gwyrdd ydy gwyrdd. Ac os ti 'mond 'di gweld gwyrdd grass yr ardd, ella dyna ydy'r unig ffordd o ddeud sut mae'r gwahanol gwyrdds yn wahanol i'w gilydd. Gwyrdd-grass, neu ddim yn wyrdd-grass.'

Cadw'n dawel wnaeth ei dad wrth wylio: ei fab yn siarad efo'r goeden ac yn nodio fel petai'n derbyn ateb. Ac roedd beth bynnag a glywodd ganddi wedi ei fodloni, mewn rhyw ffordd.

Ond darfu'r tawelwch wrth i lais ei fam ddod o'r gegin.

'Chris!'

Cododd ei dad ar ei draed ac aeth i gyfeiriad y llais. Aros yn ei unfan wnaeth Wil, gan deimlo ochrau'r bloc Lego gwyrdd yn brathu cledr ei law.

Gallai glywed crio. Gallai glywed rhegi, a ffraeo, a thap dŵr oer yn rhedeg.

'Be am i chdi…?' gofynnodd ei ffrind, ond ni chlywodd Wil ddiwedd y cwestiwn, gan iddo godi ar ei draed a dilyn camau ei dad.

Arhosodd yno, yn y drws, ar y trothwy, a gwylio'i dad yn lapio cadach sychu llestri o amgylch llaw ei wraig. Cadach â phatrymau siec coch ar ei hyd, ond roedd y patrymau'n llenwi â mwy o gochni.

''Na ni, rŵan,' mentrodd Chris. ''Na ni, rŵan… 'na ni –'

'Nei di gau dy ffycin geg? "'Na ni rŵan"?!'

Gwthiodd ei phen-ôl yn erbyn y wyrctop i sefyll ar ei

phen ei hun, ond wrth iddi wneud, simsanodd a syrthio am ymlaen.

Rhedodd Wil ati ond, drwy lwc, llwyddodd ei dad i afael ym mreichiau ei wraig cyn iddi lanio'n glewt ar ei hwyneb. A dyna lle'r oedd hi wedyn, fel plentyn wedi crymu, a'i choesau'n dynn, dynn o dan ei breichiau, yn igian. Aeth Chris at Anna, a chribo'r gwallt o'i llygaid, o'i cheg, a'i chymryd yn ei freichiau. Er iddi wthio yn ei erbyn a mwmial rhyw eiriau hyll, ildiodd i'r gafael yn y diwedd.

Sefyll yn dawel wrth law roedd Wil. A gwrando. Ar ei fam. Ar suo ysgafn ei dad. Ar y mymryn eirlaw oedd yn glanio'n ludiog ar y ffenest.

Ac fel hynny y bu am sbel, yn stwna, cyn iddo deimlo llaw am ei fraich, a'r goflaid. Coflaid lime green, a gollyngodd y darn Lego o'i law.

$\ast \ \ast \ \ast$

Dyma lle y daeth Wil ar ôl y diwrnod Dolig hwnnw. Ar ôl i'w fam ildio i goflaid ei dad, ac i'r ceiliog gwynt o storm nythu yn ei gartref. Roedd llai o sŵn gwichian y gwydrau i'w glywed, llai o lusgo ar hyd y grisiau, llai o'i gweld hi'n chwyrnu cysgu mewn llefydd annisgwyl. Byddai'r haul yn ymddangos. Ambell gwmwl gwyn, llwyd, piws, du. A dagrau'r glaw yn pistyllio fel cerrig. Heb sôn am y cenllysg. A'r taranau. A'r mellt. Ond o dro i dro, mi welid yr enfys hefyd, weithiau'n fân, fân, fel hen lun a welodd ormod o'r haul, neu'n gwbl glir, fel llwybr lliwgar yn crymanu ar hyd y tŷ.

Ond pan fyddai'n codi'n wynt, a'r dail yn troi yn y gegin, a'r lolfa, a'r landin, mi fyddai Wil a'i ffrind yn cau'r drws yn dawel ar eu holau ac yn rhedeg i fyny'r allt. Rhedeg a rhedeg cyn dringo dros y giât, dawnsio o gwmpas y baw gwartheg neu'r defaid yn cysgu neu'r olion aredig, i'r fan hon.

Doedd yna ddim llwybr cyhoeddus yno, felly welai o neb. Ond roedd hwn dal yn dir ffermwr, a phan glywodd y ffermwr yn galw ar ei gi unwaith, llamodd ei galon i'w gorn gwddw. Roedd yn rhaid iddo guddio, felly rhedodd y tu ôl i'r goeden, yr hen dderwen, dysgodd chydig fisoedd yn ddiweddarach, a'i dringo. A dyna lle y bu'n cuddio. Fo a'i ffrind yn dal eu gwynt.

Cod Copsan!

Dyna oedd yr hyn fyddai ei ffrind yn ei ddweud wrth Wil neu Wil yn cyhoeddi i'w ffrind pan fyddai'r ffermwr neu rywun diarth yn agos. 'Cod Copsan!' a byddai'r ddau'n cuddio. Weithiau, byddai ei ffrind yn ymuno â Wil yn y goeden, ond weithiau, fyddai ganddo ddim clem lle'r oedd ei ffrind yn cuddio. Ac am ryw reswm, fyddai Wil ddim yn holi.

Ond do, mi gawson nhw gopsan un diwrnod gan y ffermwr â llwybrau pob llynedd wedi naddu ar hyd ei wyneb.

'Be ti'n da 'ma 'ta?' gofynnodd y ffermwr ar ôl dipyn, gan gadw'i wyneb fel craig.

'Mbo,' atebodd Wil ar ôl yr hyn a deimlai fel oriau dan lygaid y ffermwr.

'Chwara?'

Cododd Wil ei ysgwyddau.

'Gneud drwg?'

Ysgydwodd Wil ei ben o'r naill ochr i'r llall.

'Cuddio?'

Fedrodd Wil ddim ateb nac ymateb i'r cwestiwn hwnnw. Ac aeth i banig. Trio bob sut i feddwl am y geiriau priodol, unrhyw air mewn difri, i roi ateb. Cododd ei ben yn y diwedd, â golwg o gydnabod nad oedd ganddo'r geiriau.

'Awn ni?' awgrymodd ei ffrind. Ond roedd Wil yn dal i edrych i lygaid y ffermwr a'r ffermwr i'w lygaid yntau, a dim byd yn cael ei ddweud.

Hedfanodd gwylan heibio, ac i fyny i'r mynydd wrth law. Arwydd angau, fel y dysgai Wil yn ei dro.

'Wel, cyn bellad â dw't ti'm yn styrbio'r anifeiliaid, a ti'm yn dŵad â rhyw bobl erill 'ma...'

A nodiodd y ffermwr heb ddweud gair arall.

Nodiodd Wil hefyd, wedi llyncu'i boer. A chymerodd eiliad neu ddwy iddo sylwi fod ei ffrind wedi rhoi'i law ar ei ysgwydd.

Ar ôl hynny, roedd y Cod Copsan yn dal i fod, ond byth efo'r ffermwr, efo Peter, dim ond efo pobl ddiarth. Ar ôl y tro cyntaf hwnnw, pan fu fawr o sgwrs, ac na wenodd Peter o gwbl, ac na soniodd wrth Wil am y llwybrau tywyll oedd wedi brigo yn ei drowsus, medrai fod yno unrhyw dro y dymunai, yn dawel ei feddwl. Wil. A'i ffrind.

Doedd o erioed wedi gallu dychmygu'r diwrnod yma, ddim yn iawn. Roedd o wedi dymuno. Roedd o wedi croesi ei fysedd yn dynn, dynn, a'i du mewn yn gweddïo'n dawel. Ond doedd Wil ddim wedi gallu gweld yr olygfa yma yn ei ben.

Roedd y gwynt yn dal i afael a mymryn o smwclaw'n sgubo ar draws yr wyneb ben bore, ond roedd yr haul yn cryfhau, yn goflaid gynnes o beth, wrth i'r tri gerdded i fyny'r allt ac i gyfeiriad y giât.

'Bron yna,' meddai Wil, yn gwneud ei orau glas i gynnal yr awydd.

A nodiodd ei fam, â gwên gynnil yn ymddangos.

Roedd Wil wedi gofyn i Peter, y ffermwr, petai hyn yn bosib, chydig fisoedd yn ôl. Er nad oedd o wedi dychmygu'r union ddiwrnod yn cyrraedd go iawn, roedd o wedi rhyw gynllunio ar ei gyfer. Oedi wnaeth y ffermwr, i ddechrau, â golwg y graig ar ei wyneb eto. Ond roedd yna ofal yn yr olwg, ac aeth Wil ati i sôn am y stormydd a fu. Bu distawrwydd am yn hir wedyn, cyn i Peter ymateb, gyda'i nòd cybydd o ganiatâd.

Cyrhaeddodd y tri'r goeden a gollyngodd Wil y bag ar y llawr a thynnu'r fflasg a'r brechdanau ohono. Doedd o ddim yn bicnic rhwysgfawr o bell ffordd, ac roedd hynny'n berffaith. Dyna oedd ei angen. Dyna oedd yn iawn. Ac wedi i Wil dollti'r baned i'w fam, ac iddo fo, ac yna cofio am ei ffrind glow in the dark, chwarddodd efo'i fam. Ac er i ambell gwmwl groesi'i hwyneb, gwenai.

Felly y buon nhw am sbel hir nes i'w fam ofyn, 'Faint o'r gloch ydy rŵan, d'wa?'

A sylwodd Wil ar y côr llwyd o ddant y llew. Cododd ar ei draed a chydiodd mewn un a dechrau ei chwythu. Unwaith, dwywaith, tair gwaith, pedair gwaith, pum gwaith, chwe gwaith…

✷ ✷ ✷

Wil?

Ti isio chwthu bob un llychyn?
Ti isio chwthu bob un?
Pob un llychyn dant y llew.

FRANCESCA SCIARRILLO

PLETHU

Wnaeth ei stori, fel ei bywyd ar y ddaear, ddechrau a gorffen yn y gegin. Dwy gegin wahanol, wrth gwrs, ond ceginau serch hynny. Y stafell lle wnaeth hi dreulio'r rhan fwyaf o'i hamser. Atgofion cynnar yn ystod eiliadau prin ei phlentyndod lle cafodd hi gyfle i chwarae cuddio o dan y bwrdd, neu'r oriau hir wrth ymyl y stof ers hynny. Hyd yn oed yn y tywyllwch, neu efo'i llygaid ar gau, byddai Nella yn gwybod ei ffordd o gwmpas y gegin.

Y *cucina* a'r 'gegin', os hoffech chi wahanu'r ddau'n daclus. Y gegin honno, yn ôl yn yr Eidal, a'r gegin yma, yng Nghymru. Yn yr un yma mae hi'n adrodd straeon i'w hwyres ieuengaf, Nel. Wedi'i henwi ar ôl hi ei hun: Nella a Nel. Traddodiad o'r hen ddyddiau, ond efo twist bach Cymraeg. Dwy gangen o'r un goeden, wedi'u tyfu o'r un gwreiddiau.

Bellach yn ddynes ifanc, wedi dyweddïo â Chymro, mae'n bosib bod ei henw am droi'n guddwisg berffaith os ydy hi'n penderfynu cymryd enw ei gŵr. Dewis annhebygol i'w hwyres bengaled. Mae'n rhoi gwên ar wyneb ei Nonna Nella i feddwl am ymateb Nel pan ddarganfyddodd fod merched yn yr Eidal yn cadw eu henwau ar ôl priodi. Enw'r gŵr fel ychwanegiad, nid diswyddiad. Roedd Nel fach wedi gwirioni;

ei hagwedd optimistaidd yn ei hannog i weld hynny fel safiad ffeministaidd. Rhy ifanc i sylwi ar y gwir, meddyliodd Nella ar y pryd. Ond eto, rydyn ni'n rhoi cymaint o bwyslais ar enwau. Wedi'r cyfan, mae'n henwau yn adlewyrchu pwy ydyn ni, fel edrych i mewn i ddrych. Licio hynny neu beidio. Yn ein rhoi ni mewn bocsys bach, weithiau'n dweud y cyfan mae pobl isio gwybod cyn symud yn agosach aton ni, neu'n cadw nhw'n bell i ffwrdd oddi wrthon ni. Ond mae croen olewydd Nel, yn ogystal â'i thymer, yn dyst i'r hen wlad, fel ei mam a Nonna a'r merched yn ei theulu ers cenedlaethau, hyd yn oed os nad ydy'r enw yn amlygu'r peth.

Ac fel ei mam, mae Nel yn llyncu straeon ei Nonna Nella. Y ddwy ohonyn nhw wastad yn wrandawyr bach barus, yn gyffrous i glywed mwy a mwy. Hen chwedlau o'r mynyddoedd. Edefyn o hud yn rhedeg trwy bob chwedl, a phresenoldeb agos y *malocchio*, neu'r 'llygaid drwg', i rybuddio yn erbyn pechod ac ymddygiad gwael.

Ond mae'r stori heddiw yn dod o'r byd go iawn, yn wahanol i'r arfer. Mae'r un yma'n un anodd iddi hi ei hadrodd. Un sydd erioed wedi cael ei lleisio, wedi'i chladdu'n ddwfn. Ac ydy, mae ei gŵr yn gwybod ffeithiau'r stori yn barod, ond dydyn nhw heb eu trafod, erioed. Nid mewn gwirionedd. Ac mae'n debyg na fyddan nhw byth. Achos beth yw'r pwynt adrodd stori i glustiau sydd ddim isio gwrando?

Ond mae clustiau Nel yn awyddus i dderbyn y stori. Ac mae'n ddiogel yn ei dwylo hi. Efallai mai rŵan yw'r amser i'w rhannu. Dyna'r peth efo straeon, maen nhw'n ein dewis ni. Yn dringo allan o'n cegau pan maen nhw'n barod i fod allan yn y byd. I gael eu hetifeddu o ddynes i ddynes, o fam i ferch, o nain i wyres.

Fel gwniadwraig, mae Nella wedi perffeithio'r grefft o wnïo, ac nid dillad neu lenni'n unig. Gallai wnïo straeon hefyd, yn defnyddio'i geiriau i ddarlunio tirwedd a phobl o'i gorffennol. Mater o smalio ydy o, yn y bôn. Ac mae hi'n dda iawn am smalio. Smalio nad oedd hi'n meindio pan fyddai'r ddynes yn siop y cigydd yn dweud 'pardon' am y trydydd tro oherwydd ei bod hi ddim yn gallu ynganu'r geiriau diarth yn gwbl glir. Does dim yn ei gwylltio fel clywed y gair 'pardon'.

Weithiau, pan fyddai'r hiraeth i fod adra bron fel cwlwm wedi'i lapio o gwmpas ei chalon, eisteddai yn y gegin, yn y gadair agosaf at y ffenest lle'r oedd yr haul – ddim yn aml, wrth gwrs – yn ymddangos orau. Byddai'n cau ei llygaid a smalio ei bod hi'n ôl yn y gegin arall, yr un adra. Dyma pam roedd yr haul mor hanfodol. Pob pelydryn yn gwneud i'r ffantasi deimlo'n fwy real. Efo llygaid wedi'u cau, gallai ei dwylo barhau i symud, i rolio'r pasta allan ar y bwrdd, ac yn bwysicaf oll, i smalio fel petai hi erioed wedi gadael.

Dim byd yn erbyn Cymru na'r bobl. Roedd y teulu'n setlo'n well efo pob cenhedlaeth. Ei phlant a'i hwyrion, a'i gŵr wrth gwrs. Yn wahanol iddyn nhw, teimlai hi fel ymwelydd. Ac fel ymwelydd, roedd hi'n parchu'r wlad. Ond doedd hynny'n newid dim ar yr unigrwydd y tu mewn iddi hi. Yn y dyddiau cynnar ar ôl symud i Gymru, dros bum degawd yn ôl, byddai'n crwydro o gwmpas y dref, ei 'chartref' newydd yn ôl ei gŵr, i drio ymgyfarwyddo â'r lle diarth. Roedd torf ohonyn nhw wedi gwneud yr un siwrne hir dros y môr a'r mynyddoedd i gyrraedd Cymru, ac roedd hi bob hyn a hyn yn clywed sŵn cyfarwydd. Eidalwyr eraill yn sgwrsio, yn symud o gwmpas y dref yn ddigon hapus. Beth oedd yn bod arni hi felly? Pam doedd hi ddim yn gallu symud ymlaen, setlo? Roedd hi'n arfer eu dilyn nhw o gwmpas, ddim i fusnesu ond i wrando a chlywed sŵn ei hiaith hi. Hyd yn oed gan yr Eidalwyr o'r dinasoedd, efo iaith hollol wahanol iddi hi. Gwell na dim byd o gwbl. Roedd hi bron â marw isio clywed gair o dafodiaith ei rhieni a'i *paisani*, ei gwladwyr hi.

Weithiau, roedd hi'n poeni bod yr unigrwydd wedi ymlusgo i mewn i'w henaid. Rhywbeth tragwyddol a fyddai'n aros efo hi, hyd yn oed yn y nefoedd. Ond ddim ond ar y diwrnodau gwaethaf pan deimlai hi'n bell oddi wrth Dduw, pan doedd hi ddim yn gallu clywed ei lais. Ar yr adegau hyn byddai hi'n troi at Sant Antonio, yn ei meddwl neu'n llythrennol, o flaen ei gerflun yn yr eglwys. Yn gwylio'r canhwyllau'n llosgi, yn gafael yn y gleiniau rosari, mor dynn yn ei llaw.

Fel Cymraes frwd, mae Nel wedi bod yn chwarae caneuon Cymraeg i'w Nonna yn ddiweddar. 'Mae hen wlad fy nhadau yn annwyl i mi.' Does dim angen dallt bob gair i deimlo ystyr y gân, meddai Nel. Digon gwir, mae pawb ar draws y byd yn edmygu'r anthem Gymraeg, wrth reswm. Efallai nad ydy hi isio bod yma, ond gallai Nella werthfawrogi gwladgarwch y Cymry. Dyna rywbeth allai hi ddallt yn berffaith. Ond yn ddiweddar, mae'r hen wlad sy'n annwyl iddi hithau wedi bod yn teimlo yn bellach fyth. Trio dal gafael ar y gobaith i ddychwelyd, dyna'r peth sy'n rhoi'r nerth iddi hi i godi bob bore. Beth mae Nel yn ei ddweud eto? 'Er gwaetha pawb a phopeth, Nonna! 'Dan ni yma o hyd!' Ac yndi, mae hi yma o hyd, ond yno o hyd hefyd, yn yr hen wlad.

Gwyddai Nel i droedio'n ofalus efo Nonna. Rhywbeth roedd hi wedi ei etifeddu gan ei mam, mae'n debyg. Felly pan ddaeth y cwestiwn gan Nel, roedd yn dipyn o sioc i'r ddwy ohonyn nhw, a doedd Nella ddim yn gwybod lle i ddechrau. Teimlai'n debycach i orchymyn na chwestiwn digon teg i'w holi. Chwilfrydedd ac awydd ei hwyres i nabod ei Nonna, yn wir ac yn gyflawn. Neu gymaint ag y gallai rhywun nabod person arall.

'Fedrwch chi sôn wrtha i am yr hen ddyddiau, Nonna?'

Er syndod i Nella, daeth yr awen drosti, a'r nerth i agor y drws i'r gorffennol. Atgofion sy'n nofio yn ei meddwl o ddydd i ddydd ond byth yn dod i'r wyneb. Ond yn ara' deg mae dal iâr, yn ôl y sôn – un dywediad Cymraeg roedd Nella'n hoff iawn ohono. Ar ôl i Nel ei esbonio, wrth gwrs. Rhywbeth oedd yn ei hatgoffa o'r fferm. Adra.

Mae'n ddechrau anarferol i'r stori. Nid yn unig i Nel, sy'n gwrando'n astud, ond i Nella ei hun hefyd. Byddech chi'n meddwl y byddai wedi dechrau drwy ddisgrifio'r dref neu'r bobl. Ac wrth gwrs, mae'r pethau hyn yn ymddangos yn nes ymlaen yn y stori, fel carnau asynnod yn clip-clopio ar hyd y llwybrau llychlyd, a chlychau'r eglwys uwchben gweiddi'r mamau yn galw ar eu plant – neu'r dŵr yn rhedeg o'r ffynhonnau ar y *piazza*, a'r teimlad o gymuned, o berthyn, pan oedd pawb, y pentrefwyr i gyd, yn dod at ei gilydd i ddathlu'r *Ferragusto* yng ngwres mis Awst. Ond cyn hynny i gyd, mae'n dechrau efo bwrdd cegin, a phâr o siswrn. Ac efo gwallt.

Nid y siwrne hir neu'r holl ffarwelio efo'i theulu, *paesani*, sydd yn aros yn y cof felly, ond y bwrdd gegin yn oriau mân y bore, chydig o ddiwrnodau cyn iddi adael La Bianca, y pentref bach wedi'i guddio rhwng y mynyddoedd; yr unig fyd roedd hi'n ei nabod. Gallai hi weld y darlun mor glir yn ei meddwl, hyd yn oed ar ôl yr holl flynyddoedd sy'n sefyll rhyngddi a'i hymadawiad. Ar y bwrdd mae dau ddarn plethedig o wallt brown hir yn gorwedd, yn barod i fynd i mewn i'r ffrâm. Fel ysbryd sydd wastad yn bresennol yng nghornel y stafell, yn hongian ar y wal ac yn casglu llwch, ond bob amser yn fyw y tu ôl i wydr y ffrâm. Gwallt brown â strimynnau oren – anrheg fach o'r haul a'r diwrnodau o weithio ar y fferm, ac un i basio ymlaen i'r cenedlaethau nesaf; canghennau ei theulu i ddod.

'Pa ddefnydd fysan nhw beth bynnag?' meddai Maria, mam Nella, mewn ymdrech i godi calon ei merch.

'Dydy'r merched yn *Inghilterra* ddim yn gwisgo'r ffasiwn beth, mae'n siŵr. Ti ddim isio rhoi esgus iddyn nhw dy weld chdi'n wahanol.'

'Nid *Inghilterra*, Lloegr, Ma, ond *Galles*.'

'Sdim ots, ti ddim isio annog y *malocchio*, nag wyt?' meddai'i mam wrth wneud siâp croes ar ei thalcen ac yna dros ei gwefusau. 'Gwallt ydy o, *figlia mi'*, cadw dy ddagrau ar gyfer pethau o bwys.'

Ac oherwydd ei bod hi'n hogan styfnig, wnaeth hi gwffio'r dagrau oedd yn bygwth disgyn, gan eu harbed ar gyfer eiliad o breifatrwydd – rhywbeth sydd bron yn amhosib mewn tŷ dwy stafell.

Arhosodd tan oedd hi ar ei phen ei hun i fynd yn ôl i'r gegin i weld y ddwy blethen ar y bwrdd. Roedd y plant yn cysgu'n dawel, a hithau, ar y llaw arall, yn ddigwsg. Ddim yn gallu dod i arfer â'r oerni y tu ôl i'w chlustiau ac ar gefn ei gwddf heb ei gwallt i'w hamddiffyn. Roedd ei dwylo yn tynhau o gwmpas y gwallt, yn gandryll, yn union fel y dagrau ffyrnig, pan ddaethant yn y diwedd.

Gan afael yn y gwallt yn ei dwylo, meddyliodd am yr holl foreau o godi'n gynnar cyn mynd allan am ddiwrnod hir yn yr haul di-baid. A'r oriau ac oriau mae'n rhaid iddi eu treulio'n plethu ei gwallt hir, trwchus. Roedd hynny'n ddefod ddyddiol i'w chyflawni cyn dechrau diwrnod o waith yn y caeau. Gweithred breifat oedd yn perthyn iddi hi'n unig. Ei dwylo'n dawnsio'n ddel a bodlon yn eu pwrpas.

Dyma felly mae hi'n ystyried fel y peth olaf iddi ei wneud fel preswylydd o'r hen wlad: eistedd wrth y bwrdd yn y gegin a chlywed sŵn y siswrn mawr, miniog, yn torri ei phlethi oddi ar ei phen. Dau doriad pendant i ddileu'r blynyddoedd o blethu. Dau ddarn o wallt plethedig a fyddai fel arfer yn chwyrlïo o gwmpas ei phen, yn gyson.

Ond nid yw gwallt byth yn marw, yn ôl y sôn. Roedd pobl yn arfer cadw darn o wallt ar ôl i rywun farw fel *momento*, i'w gadw. Dyna oedd bwriad ei mam, mae'n siŵr, wrth dorri gwallt ei merch. Ond roedd yr holl beth fel hunllef. Yn ei hatgoffa o fadfallod yn dod i mewn i'r tŷ yn ystod yr haf, a sut y bydden nhw'n colli eu cynffonau ac yn eu haildyfu yn ddiweddarach. Greddf goroesi. Efallai ei fod yn ddramatig, ond i Nella roedd yn teimlo'n debycach i farwolaeth na goroesi. Teimlai fel petai wedi cael ei rhannu i lawr y canol; fel person arall wedi tyfu allan o'r ddwy blethen. Fel petai hi wedi marw'r diwrnod hwnnw, yn y *cucina*. Nid ar y llawr oer yn y gegin yng Nghymru, fel ddigwyddodd flynyddoedd yn ddiweddarach.

Ond pam dewis y stori hon? Oedd hi'n teimlo'n agos at y diwedd? Yn flinedig? Ewyllys Duw ar waith? Pwy a ŵyr, ond mae hi allan rŵan, ac mae'n teimlo'n braf i beidio gwthio'r geiriau i ffwrdd. I adael iddyn nhw eistedd yn yr awyr rhyngddi hi a'i hwyres.

'Lle mae'r ffrâm rŵan? Efo'ch gwallt – ydy o dal yna?'

Ysgydwodd Nella ei phen. 'Dwi ddim yn gwybod, *amore*,'

meddai, cyn codi, mynd at y stof, a thynnu caead y sosban i adael i arogl y *minestrina* lenwi'r stafell. Tair llwyaid yn ddigon i Nel. Trodd Nella at ei hwyres a chamu tuag ati i roi'r bowlen o basta ar y bwrdd o'i blaen.

Ond roedd Nel fel ci ag asgwrn, ddim yn barod i'r stori ddod i ben. Yn amlwg bod ystyfnigrwydd yn plethu trwy o leiaf tair cenhedlaeth o ferched y teulu.

'Mae'ch gwallt wastad wedi bod yn brydferth, Nonna.' *Chi yw'r person harddaf i mi,* roedd hi'n ei feddwl go iawn.

Yn lle chwipio'r geiriau hyn i ffwrdd, gadawodd iddi fwynhau'r foment hon, y weithred o garedigrwydd gan ei hwyres. Y pethau bychain, fel dywedodd y sant Cymreig. Roedd ei chalon fel sbwng y dyddiau yma, yn llai a llai caled wrth nesáu at ddiwedd ei hamser ar y ddaear.

Ac mewn ymgais i ddychwelyd y caredigrwydd, dywedodd hi, 'Beth am i mi blethu dy wallt di?' Ac yna, 'Ond ddim tan i bob un seren fach o'r plât 'na ddiflannu, *stellina mia*, fy seren fach.' Rhywbeth roedd hi'n arfer ei ddweud pan oedd Nel yn blentyn.

Safodd hi y tu ôl i'w hwyres. Lwcus fod Nel wedi sythu'i gwallt y bore hwnnw, yn lle'r clymau afreolus a'r cyrliau tanglyd oedd ganddi hi fel arfer. Doedd ei Nonna ddim llawer talach ar ôl sefyll i fyny, a Nel yn dal i eistedd. Cafodd Nella gyfle i edrych i lawr ar ei dwylo, ar waith unwaith eto, ond nid gwaith gwnïo neu goginio. Plethu. A rhywsut, roedd yr hen ddefod o'i genethdod yn bresennol eto. Fel hen ffrind yn ymestyn breichiau am gofleidiad cynnes.

'Mae Mam yn deud bod genna i wallt fel chi, Nonna. Bits bach coch.'

Ymddangosodd gwên fach ar wyneb Nella. 'Na, 'swn i

ddim yn deud coch, mwy oren, fel yr haul. Fatha chdi, *figlia mi'*, darn bach o'r haul – nid yr haul 'dan ni'n gweld yma, ond yr haul sydd yn La Bianca.'

O na, dechreuad stori arall, meddyliodd Nel, ddim yn siŵr a oedd hi'n ddigon cryf i glywed mwy.

Eisteddon nhw efo'r meddwl hwn am eiliad, cyn i Nella ddweud, 'Paid â thorri dy wallt i *neb, figlia mi.*' Ei llygaid ar goll yn rhywle arall yn y gorffennol pell. Doedd hi ddim yn sylweddoli bod ei gŵr yn sefyll ar drothwy'r stafell. Ar gyrion y gegin, fel petai rhywun wedi llunio llinell anweledig ar draws y llawr.

Mor hawdd fyddai cerdded i mewn, croesi'r ffin, siarad. Ond gwell peidio, gadewch iddyn nhw fod. Dim ond gwylltio byddai ei wraig os dywedai unrhyw beth, a doedd ganddo fo mo'r egni. Gallen nhw ffraeo ar ôl i Nel fynd adra. Dim ond ailadrodd a wnawn nhw erbyn hyn, beth bynnag, yr un sgwrs drosodd a throsodd ers iddyn nhw adael fan'na a symud i fama.

Ai dyna sut ddylai priodas fod? Roedd y pregethwr wedi'i disgrifio fel undod rhwng dau enaid. Dau enaid sydd byth yn rhydd o'i gilydd, ar un llaw. Neu, ar y llaw arall, yr un mwy gobeithiol, dau enaid sy'n cydblethu, yn unedig gan gariad. Ydy hi'n bosibl bod y ddau yn wir?

Er ei ffydd ddiysgog yn Nuw, teulu a phriodi, doedd Nella ddim yn gallu atal y teimlad o glawstroffobia i dyfu yn ei stumog ar ôl priodi. Fel cael ei dal mewn cawell, a'i gŵr yn dal yr allwedd. Teimlad a barhaodd i droi yn ei stumog fel carreg yn symud ar draws gwely'r môr – yn galed a blinedig. Mae'n wir fod rhyddid yn golygu cymaint pan fyddwch chi wastad wedi cael cyn lleied ohono.

Ar y diwrnodau da, mae'r garreg yn ei stumog yn tynnu llai o sylw. Mae yna fwlch i'w lenwi efo pethau eraill. Fel sŵn llais ei chwaer ar y ffôn cyn iddi hi gofio pa mor bell i ffwrdd ydyn nhw oddi wrth ei gilydd. Ond rhywsut, mae ei gŵr yn gwybod hynny hefyd. A dyna beth sy'n ei stopio i groesi'r llinell. Mae yntau'n cario ei garreg ei hun.

O gyrion y stafell, gallai yntau weld cipolwg o hapusrwydd yn ei wraig wrth iddi blethu gwallt eu hwyres ieuengaf. Llygaid wedi'u cau, a gwên fach ar wyneb y ddwy ohonyn nhw. Mae o hefyd yn gwybod sut bydd yr hapusrwydd yn para dim ond chydig funudau, ac mae o isio gwneud yn siŵr bod y ddwy ohonyn nhw'n gallu mwynhau'r weithgaredd fach hon heb ymyrraeth.

Yn y foment honno, mae o'n rhoi caniatâd iddo ymgolli. Gadael iddo'i hun deimlo ei fod wedi gwneud rhywbeth yn iawn yn ei fywyd. Yn enwedig os ydy o wedi dod â nhw at y foment yma. Gwnaeth y penderfyniad iawn. Mae'n rhaid. Am rŵan, dim ond cariad sydd yn y stafell, ac am chydig eiliadau o leiaf, mae o'n gallu gwthio'r garreg yn ei stumog i'r ochr. Y cywilydd am ddod â hi, a nhw i gyd, i fama. Y cywilydd y mae hi'n meddwl nad ydy o'n ei deimlo bob dydd, gan wneud iddi deimlo fel nad oes ganddi'r rhyddid i ddewis. Mae o isio gweiddi'n uchel, 'Dyna'r drws. Does neb yn dy stopio di!' ond pa ddewis oedd ganddo? Pa ddewis oedd ganddi hi?

Efallai mai dau berson sydd wedi'u gordeddu efo'i gilydd fel plethen neu wreiddiau coeden yw priodas. Tybed a all gwreiddiau ledaenu ar draws gwledydd, ac a all eneidiau ddychwelyd dros y môr a'r mynyddoedd? *Speriamo* – gobeithio.

FFLUR DAFYDD

Y PLANT

Roedd y plant i gyd wedi diflannu, ond doedd yr oedolion heb sylwi eto.

Deffrodd Heulwen gyda Limoncello'n ffrydio'n felyndocsig trwy ei gwythiennau. Bron nad oedd hi'n cofio ei bod hi'n fam, nes iddi dynnu'r gorchudd gwely yn ôl a thaenu ei llaw ar hyd y gwynder gwag wrth ei hochr. Edrychai'r cynfas fel pe na bai erioed wedi dod i gysylltiad â chorff tymhestlog ei merch saith oed, Enfys, a doedd 'na ddim un blewyn coch alltud i'w weld ar y gobennydd chwaith.

Daeth o hyd i dedi-bêr pinc ei merch ynghrog mewn hosan ar bostyn y gwely, fel pe bai'n broffwydoliaeth.

Fydd hi 'di mynd i mewn at un o'r lleill, sibrydodd wrthi ei hun wrth ruthro at y stafell molchi, yn bennaf gan nad oedd hi mewn unrhyw stad i ddelio gydag argyfwng nawr. Roedd 'na ôl-flas sitrws afiach yng nghefn ei gwddf, a daeth tameidiau o'r noson yn ôl iddi mewn fflachiadau melyn – dagrau aur Lydia wrth y bwrdd, mwg ambr sbliff slei Ieuan, y dafnau o hufen iâ oedd wedi llithro o'i cheg wrth iddi chwerthin.

Crymanodd ar ei phedwar a thuchan fel anifail, yn ceisio ymladd y loesfa yn ei stumog. Daeth â'i thalcen i lawr i gyfarfod y teils oer, ac wrth i'w phen-ôl esgyn i'r aer fe'i hatgoffwyd o hyrddiadau geni babi. Roedd hi'n hanner ymwybodol o ryw glecian yn y gegin islaw; melodi soniarus rhyw raglen blant yn llifo o'r teledu, ac ystwyrian yn dod o'r stafell fyw.

Fydd Enfys o gwmpas lle 'ma rhwle, meddai'r llais yn ei phen. *Mae'r plant i gyd yn iawn.*

Tybiai Gethin, hefyd, iddo glywed swnian plant rhywle yn y tŷ gwyliau enfawr, ond doedd e ddim am wirio fod hyn yn wir, chwaith. Peth prin y dyddiau hyn oedd deffro gyda'i wraig, Lydia, wrth ei ymyl yn ei wely heb fod 'run o'r efeilliaid yn gorwedd rhyngddyn nhw, ac er iddi ddechrau estyn am ei sbectol, roedd e wedi trio ei lwc, a'i thynnu'n ôl ato i'r gwely. Er mawr syndod iddo, roedd hi wedi dechrau ei gusanu'n ôl yn nwydwyllt, ac o fewn eiliadau roedden nhw'n caru, gyda hithau'n hyrddio'n egnïol yn ei gôl fel petai hi'n ôl yn nwy fil a saith a 'run plentyn yn bodoli fel syniad hyd yn oed, heb sôn am fel endyd corfforol. Ystyriodd am ennyd efallai ei bod hi'n dal i fod yn feddw, a bod y weithred yn ffordd o waredu'r atgof o'i sterics llwyr neithiwr, ond doedd e ddim ar fin dechrau cwestiynu'r peth – roedd y weithred yn teimlo'n wyrthiol wedi'r misoedd hesb diwethaf. Â'r chwys yn diferu drostynt wedyn, fe chwarddodd y ddau ar ba mor eofn roedden nhw i fentro caru fel hyn, uwchben y miri islaw.

'Be tase un o'r plant wedi cerdded i mewn? Neu'n waeth byth, un o'r lleill?' meddai Lydia, gan dynnu ei chot nos amdani, a diflannu o'r stafell cyn iddo allu rhoi ateb iddi.

Gorweddodd Gethin yno am ychydig funudau'n rhagor, yn cofio i rywun ddweud wrtho y byddai ei fywyd drosodd wedi iddo gael plant, yn enwedig ag yntau'n cael efeilliaid.

Megis dechrau mae fy mywyd i, meddyliodd yn hunanfodlon.

* * *

Mairwen oedd y cyntaf o'r criw i ddarganfod nad oedd yna neb yn y stafell fyw, a bod y ffigyrau lliwgar ar y sgrin yn dawnsio i'r gwacter. Cydiodd yn y rimôt a diffodd y teledu, ond roedd rhywbeth yn dal i swnian. Daeth o hyd i drwmped tegan ei mab ieuengaf dan y soffa, yn chwarae rhyw diwn fywiog gyda'i fotymau'n fflachio'n goch ac yn felyn. Cofiodd iddi gicio'r trwmped o dan y soffa neithiwr mewn rhwystredigaeth, gan nad oedd modd ei droi i ffwrdd. Yn ei sobrwydd, gwelodd mai'r cyfan oedd yn rhaid ei wneud oedd agor y bocs ar y gwaelod a thynnu'r batris allan.

A dyna pryd y llifodd y distawrwydd i'r stafell fel caddug du, yn bygwth ei boddi.

Rhuthrodd Mairwen ymlaen wedyn, i mewn i'r gegin, gan ddarganfod pyllau mawr o laeth yn ceulo ar y llawr, a bocs grawnfwyd ar ei ochr ar yr ynys, wedi chwydu bryncyn o byffiau reis o'i grombil. Roedd yr holl ffenestri a drysau yn llydan agored, a haul y bore yn ddigyfaddawd o boeth, yn barod i losgi croen ei phlant yn grimp.

Yn y cyntedd, roedd chwe phâr o sgidiau bach wedi diflannu.

* * *

Fe glywodd Heulwen y sgrech o lawr y stafell molchi. *Mae'n rhaid i ti godi,* meddai wrthi hi ei hun, *neu byddan nhw'n meddwl fod gen ti broblem.*

Ar adegau fel hyn, roedd hi'n amhosib peidio meddwl am

Siôn, ac am yr olwg yn ei lygaid pan ddaeth y doctor di-hid heibio gyda haid o'i fyfyrwyr llygaid-lydan i dyrru o gwmpas ei wely ysbyty.

'This patient is nearing the end of his life,' dywedodd, nid wrthyn nhw ond wrth y myfyrwyr, mor ddideimlad â phe bai'n adrodd rhestr siopa.

Roedd yr atgof o wyneb ei gŵr ar y foment hon yn ormod iddi. Cododd ei phen o'r llawr jyst mewn pryd a chwydu. Fe dasgodd neithiwr ohoni yn felyn llachar, fel hylif golchi llawr.

Cofiodd iddi ystyried yfed hylif golchi llawr unwaith. Ymddangosodd yn opsiwn atyniadol ar un diwrnod du, penodol, ar ei gliniau o dan y sinc. Ond wedyn fe glywodd lais Enfys y tu ôl iddi a chofiodd unwaith eto ei bod yn *fam*, nad oedd ffordd allan o hyn nawr, nad oedd hi'n rhydd i wneud rhywbeth mor wirion ag yfed hylif golchi llawr fel pe bai'n siot o Limoncello.

Cerddodd Lydia i mewn i'r gegin i ganfod Mairwen yn sefyll yno, yn chwifio trwmped tegan plastig yn yr awyr fel corn gwlad.

'Dyw'r plant ddim 'ma,' meddai Mairwen, y geiriau'n tasgu allan yn fwledi o boer. 'Ma nhw i gyd wedi mynd.'

Ceisiodd Lydia wrthsefyll y demtasiwn i adael i'r panig gydio ynddi. Er nad oedd hi'n gweld nac yn clywed yr un smic o dystiolaeth fod 'na blentyn yn y tŷ nac yn yr ardd, roedd hi wedi bod yn gweithio'n galed i geisio dofi ei gofid yn ddiweddar.

'You seem to have a tendency to catastrophize,' roedd y

therapydd wedi dweud wrthi. 'Try to see what happens when you don't.'

Doedd hi ddim yn siŵr ai mewn sefyllfa fel hon roedd hi i fod i wneud hynny, ond fe chwarddodd, fodd bynnag, gan atgoffa Mairwen fod y tadau, yn eu ffasiwn tadol nodweddiadol, yn dal i fyny'r grisiau yn ymlacio, yn ymddwyn fel petai popeth yn iawn, felly pa mor wael allai pethau fod mewn gwirionedd?

Edrychodd Mairwen arni'n rhyfedd wedi iddi ddweud hyn. Efallai nad oedd hi'n credu taw hi, Lydia, oedd y person i'w darbwyllo, wedi ei pherfformiad neithiwr. Yn anffodus, roedd Lydia'n cofio pob un manylyn poenus, sut y gwnaeth y glasiaid o Limoncello a'r mwgyn drwg olaf ddod â phopeth i ryw ffocws rhyfedd, a gwneud iddi ddechrau edrych ar wynebau'r gweddill mewn manylder, gymaint nes iddi sylwi ar bob un rhych neu flewyn gwyn neu ddafn moel, sut yr oedd yn rhaid iddi rhuthro i'r stafell molchi i astudio ei hwyneb ei hun wedyn, a gweld yr holl arwyddion yno fod ei chroen yn llacio, yn crychu, ac yn edwino. Bod map diwedd ei hoes wedi ei gerfio arno. Ac amser yn ysgrifbin poenus a oedd wedi marcio eu cyrff i gyd, heb iddynt sylwi.

'Ry'n ni i gyd yn araf farw!' neu rywbeth felly roedd hi wedi bloeddio wedyn wrth ddychwelyd at y bwrdd, gyda'r dagrau'n powlio lawr ei gruddiau crebachlyd, cyn i Gethin ei thynnu i'r naill ochr a'i hatgoffa nad oedd hyn yn rhywbeth addas i'w ddweud o flaen Heulwen.

Roedd y cyfan yno yn llygaid Mairwen. Wrth gwrs ei bod hi'n cofio bod Lydia wedi gweiddi 'Ry'n ni i gyd yn araf farw!' ar draws y bwrdd, fel dedfryd oes i'w sgubo i ffwrdd gyda'r powlenni pwdin.

'Beth fyddai'r gwaethaf allai fod wedi digwydd?' meddai Lydia eto, gan fwrw ati i wneud coffi fel pe bai dim wedi digwydd, fel pe bai modd gwasgu'r duedd drychinebus i lawr gyda'r *cafetière*.

Ond yr eiliad daeth y geiriau hynny allan o'i cheg, dyna'n union ddaeth i'w meddwl – beth fyddai'r gwaethaf allai fod wedi digwydd i griw o blant a oedd â'r hynaf yn eu plith 'mond yn saith oed, a beth fyddai'r papurau'n ei wneud o griw o rieni a oedd wedi caniatáu iddyn nhw gerdded allan o'u bywydau fel hyn? Roedd hi eisoes yn rhagweld y lluniau yn y papurau. Yna'r bwletinau a'r diweddariadau cyson; cyrff chwech o blant yn cael eu darganfod mewn rhyw gar wedi ei adael ar y draffordd. Dim byd ar ôl ond marwor du. Yn sydyn iawn doedd dim ots eu bod nhw, fel oedolion, i gyd yn araf farw – onid dyna oedd trefn natur? Doedd eu plant ddim wedi dechrau byw eto.

A chyn i Lydia droi roedd y dirgyniadau cyfarwydd ar led drwy ei chorff i gyd, fel trychfilod.

'Lydia, anadla,' meddai Mairwen wrth ei thywys at gadair yn y gegin. 'Anadla.'

∗   ∗   ∗

Ieuan, gŵr Mairwen, oedd y cyntaf i gymryd yr awenau ac i awgrymu y dylen nhw fynd allan i chwilio am y plant, cyn ffonio'r heddlu.

'Fydd neb 'di cipio chwech o blant gyda'i gilydd,' meddai, a'i lais fel lemwn sur. 'Wedi mynd ar antur fyddan nhw. Neu wedi mynd i guddio. Sdim eisiau gorymateb.'

Gorweddai euogrwydd ar ei frest fel gordd. Nid am iddo golli ei dri mab mor hawdd â cholli pâr o sbecs i lawr ochr y soffa, ond am nad oedd e'n cofio fawr ddim o'r hyn ddigwyddodd neithiwr. Roedd ganddo deimlad iddo wneud rhywbeth gwael iawn, rhywbeth yr oedd yn ceisio gwthio'n ôl i gilfachau ei gof.

'Af i a Mairwen mas yn y car i chwilio amdanyn nhw,' meddai. 'Geith Heulwen aros fan hyn, a dyle Geth a Lyd fynd ar droed drwy'r caeau.'

A gan nad oedd neb arall mewn cyflwr i wneud penderfyniadau nac i wrthwynebu, dyma fap eu cynllun wedi ei saernïo o'u blaenau, yn stribedi o obaith a arweiniai at fan lle'r oedd y plant yn aros amdanyn nhw dan ryw raeadr brydferth, glir, na fyddai'n diferu'n felyn gyda gwirodydd neithiwr.

☆ ☆ ☆

Fe ddaeth Heulwen i gwrdd â Ieuan ar y landin.

'Beth sy'n mynd ymlaen?' gofynnodd wrtho, gan gofio'r gusan flêr ar y coridor neithiwr, ynghyd â'i ben yn suddo i lawr rhwng ei choesau am rai munudau lletchwith. Dawnsiai darnau bach o gyfog yn ei llwnc.

'Y plant,' meddai Ieuan. 'Ma'r plant wedi mynd.'

Fedrai Heulwen ddim prosesu'r hyn roedd e'n ei ddweud.

'Ond dyw Enfys ddim?' meddai hi. 'Dyw Enfys ddim wedi mynd?'

Nid atebodd Ieuan. Dim ond edrych arni'n ddolurus. Mae'n bosib nad oedd yn gwybod sut i ddweud wrthi nad oedd marwolaeth ei gŵr yn ei hesgusodi o'r sefyllfa. Neu efallai ei fod yn paratoi ei hun i ymddiheuro am ei ymddygiad yn y coridor. Naill ffordd neu'r llall, doedd gan Heulwen ddim awydd i syllu i ogof ei geg am funud yn rhagor, rhag ofn i neithiwr lamu'n ôl allan ohono a'i brathu.

'Fydd Enfys yn iawn,' meddai hi'n bendant wrtho. 'Does dim byd gwaeth yn mynd i ddigwydd i fi nawr.'

☆ ☆ ☆

Gyrrodd Ieuan yn wyllt drwy'r lonydd troellog, anghyfarwydd gyda Mairwen wrth ei ymyl. Roedd y caeau a'u hamgylchynai, y rheiny oedd wedi ymddangos oriau ynghynt yn symbol o'u rhyddid, o'u pellter oddi wrth y ddinas, bellach yn eu gwawdio â'u hanferthedd. Roedd y coed yn crymanu'n fysedd gwrach uwch eu pennau a'r haul yn diferu lafa dialgar drostynt.

Bob hyn a hyn fe ddeuent i gyfarfod â rhyw dractor neu'i gilydd, ac fe fyddai Mairwen yn rolio'r ffenest i lawr, yn ffugio rhyw lais didaro, ysgafn, a gofyn i'r gyrrwr a oedd wedi gweld haid o blant. Yr un ymateb fyddai bob tro, y ffermwr oedrannus yn edrych yn rhyfedd ar y ddau gyda rhyw ddrwgdybiaeth mud: pwy oedd y ffyliaid 'ma o'r ddinas a allai golli eu plant yng nghanol nunlle fel hyn? Yn ei lygaid pŵl roedd doethineb yr oesoedd yn dyblu a threblu'n anfeidrol fel drych mewn ffair ac aeth Ieuan a Mairwen yn eu blaenau, yn teimlo fel cysgodion bach di-nod ar ochr arall y gwydr.

Ar ôl cerdded am hanner milltir, a chyrraedd troad yn y ffordd gul, anghysbell, fe ddaeth Gethin a Lydia ar draws rhes o falwod duon ar lawr, oll yn gwisgo petalau clychau'r gog fel hetiau. Roedd 'na res o chwech ohonyn nhw, yn symud yn araf yn afon drioglyd ar hyd y tarmac du.

'Wyt ti'n meddwl bod y rhain yn arwydd o ryw fath?' gofynnodd Lydia.

Plygodd Lydia a'u hastudio. Chwe malwen am chwe

phlentyn coll. Fe'i hatgoffwyd o ffilmiau ei phlentyndod, lle'r oedd rhyw swyn neu'i gilydd yn troi plant yn greaduriaid.

'Lydia, cod,' meddai Gethin, cyn neidio dros ben giât gyfagos a dechrau rhedeg.

Pwysodd Lydia dros y giât ac edrych i fyny. Yn y pellter, ar gae uchel, roedd 'na chwe silwét bach i'w gweld.

*   *   *

Sylwodd Ieuan ar union yr un peth, ar yr un pryd, i fyny ar fryncyn nad oedd yn siŵr iawn sut i'w gyrraedd. Roedd yntau'n llai argyhoeddedig na Gethin taw plant oedd yr hyn a welai yn y pellter – roedden nhw fel rhes o ddoliau papur rhywsut, rhyw bethau simsan, disylwedd yn hytrach na chyrff byw – ond ni ddywedodd hynny wrth ei wraig. Ceisiodd yrru yn nes tuag atynt, gyda Mairwen yn gweiddi arno i arafu er mwyn iddyn nhw astudio'r map yn iawn a gweithio allan pa lwybr i'w gymryd. Ond roedd rhyw bendantrwydd ynddo a wnâi iddo eisiau parhau i symud, er gwaetha'r ffaith fod hynny'n dwysáu'r teimlad fod yr hyn roedd e'n ceisio cyrraedd ato wedi llithro o'i afael yn llwyr.

'Pa iws yw cael y car cwmni mawr stiwpid 'ma,' criai Mairwen wrth ei ymyl, 'os na elli di gyrraedd at dy blant dy hun?'

Agorodd Mairwen y drws yn ddirybudd a llamu allan. Doedd ganddo ddim dewis ond dod i stop, gadael y car wrth ymyl rhyw ffens i gael ei grafu gan dractor, a'i dilyn i fyny'r bryn.

Wnaeth Mairwen ddim hyd yn oed troi'n ôl i weld a oedd e'n ei dilyn.

*   *   *

Eisteddodd Heulwen wrth ffenest y llofft yn aros i fariau ymddangos ar ei ffôn. Yn sydyn, dyma'r alwad hirddisgwyliedig yn dod.

'Ni'n meddwl bod ni'n gwybod lle maen nhw,' meddai Lydia, a'i gwynt yn ei dwrn.

Meddwl, neu wybod?

Mwmialodd Lydia rhywbeth am ffeindio rhesi o *slugs*, a meddwl am ennyd mai'r plant oedden nhw, wedi eu troi'n fach, fach gan ryw swyn neu'i gilydd. Roedd hi'n swnio'n chwil o hyd.

Aeth Heulwen 'nôl i orwedd. Esgynnodd y gofid oddi arni fel pilipalod. Teimlai'n orchestol rywsut iddi wrthod meddwl y gwaethaf, fel y lleill. Roedd hi'n gwybod yn well na neb beth oedd y gwaethaf, a doedd e ddim yn glanio'n ddisymwth ar fore heulog fel hyn. Roedd e'n fwy tebygol o sleifio i fyny arnoch chi wrth erchwyn gwely, yn drewi o hylif diheintio.

Ac yna clywodd sŵn lleisiau plant, yn piffian chwerthin, rhywle yn y tŷ.

Rhwng yr *hangovers* a'r haul a'r bryncyn serth, roedd y pedwar ohonyn nhw'n teimlo y gallen nhw farw yn y fan a'r lle. Roedd Lydia wedi mynd i banig unwaith eto, yn dweud nad oedd hi wedi bod heb yr efeilliaid am gymaint â hyn o amser erioed, ac fe geisiodd Ieuan ysgafnhau pethau trwy ddweud faint o hwyl roedden nhw wedi ei gael, wrth fynd ar antur fach eu hunain. Bod y sefyllfa wedi'u gorfodi i fynd allan a chofleidio'r dydd, rhywbeth na fydden nhw wedi ei wneud fel arall. Ond wrth ddynesu at y fan lle'r oedden nhw'n meddwl iddyn nhw weld siapiau plant yn symud, Gethin oedd y cyntaf i sylwi mai at res o goed bach newydd yr oedden nhw'n teithio, ac ar eu brigau roedden nhw wedi hongian eu holl obeithion.

Ac yng nghorneli tywyllaf meddwl Lydia, yr un gornel lle'r oedd crychau wynebau ei ffrindiau yn llechu, fe ddychmygodd fod 'na esboniad arall i'r diflaniad.

'Beth os nag oes gyda ni blant, o gwbl,' meddai hi. 'Beth os nad oedden nhw erioed yn bodoli?'

Ac am ennyd, ni ddywedodd y pedwar ohonyn nhw yr un gair. Roedd yr hyn roedd Lydia newydd ei awgrymu mor fawr a phoenus, nes peri i Ieuan ddechrau crio yn y fan a'r lle. Doedd e ddim yn siŵr ai crio am y diffyg plant oedd e mewn gwirionedd, neu am lwyth o bethau eraill; am ei ymddygiad neithiwr, stad ei briodas gyda Mairwen, neu'r ffaith y byddai'n rhoi unrhyw beth i fod yn blentyn eto, yn rhydd i redeg i ffwrdd heb fod yn atebol i ddim byd.

'Ond dwi'n eu caru nhw,' meddai Mairwen yn sydyn. 'Yn fwy na dwi'n caru Ieuan. O bell ffordd.'

Edrychodd Ieuan arni gyda chymysgedd o orffwylledd a rhyddhad yn ei lygaid. Gollyngodd Gethin rhyw ochenaid oedd yn anodd ei ddirnad. Synnodd Lydia bod unrhyw un o'r tri, arferol-resymegol, wedi cymryd ei geiriau o ddifri.

Ac ynghanol y cawdel hwn o emosiynau disynnwyr, fe ganodd y ffôn. Edrychodd Ieuan i lawr a gweld llun Heulwen yn fflachio i fyny ar y sgrin. Llyncodd ei boer a chofio'n boenus am y ffŵl roedd wedi'i wneud ohono'i hun, yn chwilio am ei ugeiniau dan ganopi ei sgert.

'Y plant,' meddai Ieuan yn orffwyll, 'ydyn nhw wedi dod 'nôl?'

Ac roedd 'na saib hir ymhlith y coed bach newydd, y rheiny oedd yn bwrw eu gwreiddiau'n obeithiol i'r tir heb wybod pa fath o ddyfodol oedd o'u blaenau, wrth i bedwar oedolyn ddal eu hanadl ac aros am ateb i lenwi'r gwacter yn eu heneidiau.

LLEUCU NON

PWY YDW I?

Nos Sadwrn. Noson allan-allan efo'r criw. Be gythraul ydw i'n mynd i wisgo?!

Agenda'r noson:

1   Harry's – osgoi dynion canol oed meddw sydd yno i wylio'r pêl-droed.

2   Cambrian – mwynhau o leiaf ddau Pink Lady neu Ursula.

3   Mill – siot sydyn a mynd – lle myglyd a chlawstroffobig.

4   Rummers – croesi bysedd am berfformwyr byw da.

5   Llew – cael 'Croeso i Gymru' ar y jiwcbocs.

6   Harley's – trio peidio baglu ar y ffordd. Paratoi ein hunain ar gyfer DJ da neu wael!

7   Cyrraedd y Pier... trwy ryw ryfedd wyrth – VKs am weddill y noson, ceisio ca'l llun call gan y ffotograffydd – annhebygol.

8   Unrhyw fater arall? Cyrraedd adra heb chwydu, heb golli ffôn, ID, pwrs neu gôt a heb frifo? Ddim yn debygol nac yn annhebygol.

Reit. Ffrog dywyll flodeuog, teits du, Dr. Martens piws

metalig, mwclis coch a cholur; *concealer*, lipstig rhuddgoch, *eyeshadow* aur a masgara. Syml. Sgwn i sut fydd Ela wedi gwisgo? Bydd Carwyn fwy na thebyg wedi gwisgo fel yr arfer; jîns, crys siec a thop plaen odano fo. Mae Branwen wastad mor hyderus o'i hedrychiad, bydd ei gwallt wedi'i gyrlio i un ochr ac yn gwisgo crop top oddi ar ei sgwyddau, jîns gwasg uchel a cholur niwtral ond yn sefyll allan ar yr un pryd, fel *eyeliner* ffyrnig, a dim llawer o emwaith.

Ar y ffordd i Harry's i gyfarfod pawb. Y dref yn dywyll, y goleuadau stryd yn sinistr a phawb o gwmpas mewn grwpiau o nosweithiau allan, rhai wedi'u gwisgo i themâu fel môr-ladron. Mae'n gas gen i gerdded i lefydd ar fy mhen fy hun ar ôl iddi dywyllu. Mae 'ngoriadau i'n fy mhoced agosaf rhag ofn bod angen smalio cyrraedd adra a dwi'n cadw fy ngolwg ar fy ffôn gan weld ar *Find My iPhone* fod Ela'n disgwyl amdana i yn Harry's, a hithau'n gallu gweld fy mod ar y ffordd.

Chwibanu.

'Hei, *sexy lady*! Rho wên i ni! Tisio cwmni, gorjys? O, paid â cherdded i ffwrdd o'r *compliments* 'ma. Gawn ni hwyl efo'n gilydd! Ty'd efo ni, nawn ni ddangos be arall 'dan ni'n gallu gneud efo'n cegau!'

Paid ag ymateb, paid â dweud dim, paid â dangos ofn. Paid â symud dy ben, paid â stopio symud, paid â mynd i banics. Smalia nad wyt ti wedi'u clywed nhw.

Chwerthin.

'Welist ti'r tin ar honna?'

'Na, lad. *Her boobs in that dress. Minx.* O'dd hi isio ni sbio. *Askin' for it.*'

Anadla. Ara' deg. Anadla. Ara' deg. Cefn syth. Yli, mae Harry's o dy flaen di, cyflyma fymryn lleia.

Zzzzz

Ela 8:02

Hei, ti'n iawn? Find my iPhone ti'n gweud bod ti dal ar Rhodfa'r Gogledd xx

Lola 8:03

Yndw, dynion eto. Dwi bron yna. Lle dach chi'n ista? xx

Ela 8:03

O ffs! Paid becso, girl. Ni'n ishte 'da'r bar fel ti'n dod mewn xx

Cerdded i mewn. Mae'n rhaid bod gêm bêl-droed rhyw ben heddiw, mae'r lle'n berwi efo cefnogwyr Lerpwl ac Everton yn eu crysau a pheintiau o lager afiach. 'Swn i ddim isio bod yn bartner i'r un ohonyn nhw. Eu cael nhw'n dod adra wedi meddwi ac arogl lager annifyr ar eu gwynt? Dim diolch! 'Swn i'n eu gyrru'n syth i'r stafall molchi i frwsio'u dannedd a chymryd mwy o *mouthwash* na'r arfer. Dwi'n clywed y sgrech gyffrous cyn i'm llygaid gael y cyfle i chwilio am Ela ac mae'r pwtan 'ma'n llamu amdana i.

'O'r diwedd! Be ti moyn? Ma 'da ti waith dala lan!'

Gwên fach ydi'r cwbl mae hi'n ei chael gen i ac, yndw, mi ydw i'n teimlo'n euog am y peth ond dwi wedi fy ysgwyd, a dweud y lleiaf. Cyn iddi allu ymateb, mae Branwen yn taflu ei braich ar hyd f'ysgwydd a dwi'n gallu gweld Carwyn wrth y bar yn codi llaw arna i.

'Blydi hel, wsti be? Dwi 'di bod yn meddwl 'sa'n hwyl mynd am rywun hŷn, 'tha *mid-twenties* ar fin troi'n dri deg, ond ma fama bron â bod yn llawn o ryw ddynion yn eu pumdegau a rhan fwya o'r rheiny wedyn efo bolia cwrw. Pff… Asu, pam y wynab hir, trist 'ma?!'

'Dynion, Bran,' ymateba Ela ar fy rhan.

'O, twll eu tina nhw, wir! *Catcall* arall? Ti ar noson allan, ti fod i fwynhau dy hun. Ti'n gwbod sut ddynion ydi rhai felly, dwyt? Cachgwn, 'sa chdi 'di bod efo grŵp o bobl, 'sa nhw'm 'di meiddio. Dynion fel'na sydd methu ca'l cariad. Sglyfaethod. Rhywun oeddan ni'n nabod? Peint?'

Mae Branwen o hyd yn llwyddo i wneud i ni chwerthin chydig bach gyda'i 'pholisi' cymryd dim lol. Ond dwi'n dal i deimlo'n anghyffordus ac yn fudr yn fy nghroen fy hun. Mae 'nghroen i'n cosi drosta i, ac nid yr *eczema* sydd ar fai. Dwi'n teimlo 'mod i angen ca'l cawod hir a sgrwbio 'nghroen tan mae'n goch.

'Kopparberg, plis,' galwaf ar Carwyn. 'A naci, ond Cymry Cymraeg oedden nhw, dyna sy'n ei wneud o'n waeth. Dwi'n gwbod fues i'n mynd allan efo Rhys a drodd o allan i fod yn sglyfath annifyr ond, hyd y gwn i, wna'th o fyth bethau amhriodol i genod. Dwi'm yn gallu dychmygu hogia Cymraeg yn *catcallio*, er fedra i'm dallt pam 'mod i'n meddwl hynny. A ti'n deud bod rhein yn gachgwn, Bran, ond sbia arna i, ti prin yn gallu gweld 'mŵbs i na 'nhin i.'

Ysgydwa Branwen ac Ela eu pennau arna i.

'Cymry? Dwi'n dallt be sgen ti, ond ges i binci annifyr tu allan i Clwb Ifor unwaith. Bys canol gafodd o gen i ac mi bwdodd. Do's 'na'r un genedl yn berffaith! A pha wahaniaeth nath dy ddillad i be naethon nhw?! Yli, tro nesa maen nhw'n gneud, chwibana'n ôl arnyn nhw a gweiddi'r petha mwya afiach ma dynion 'di gweiddi arna chdi am dy gorff. Siŵr nawn nhw feddwl ddwywaith wedyn. *Not All Men, my arse.*'

I ddathlu araith fach Bran, mae pawb yn codi'u gwydrau, Carwyn yn rhoi gwydryn o seidr i mi, ac yn galw 'Clywch, clywch!' dros gyffro gwirion y gêm bêl-droed sydd ar fin dechrau.

Ar ôl peint sydyn yn Harry's, rydyn ni'n symud yn ein blaenau i'r Cambrian. Mae'r goleuadau stryd yn dal i hongian yn sinistr uwch ein pennau a stŵr y dref yn symud am gyfeiriad y cloc. Rydyn ni o hyd yn cerdded â'n breichiau wedi'u plethu. Un, i gadw'n gynnes. Dau, i gael cwtsh hir, pam ddim? A thri, fel 'ma rydyn ni'n llwyddo i gadw'n gilydd yn weddol saff ac yn agos.

Cyrraedd. Dangos ID. Ela a finna'n gorfod dangos ein bagiau, Ela'n cadw pethau Bran yn saff yn ei bag, a Carwyn yn cael rhyw synhwyrydd neu ddatgelydd metal sy'n edrych fel hudlath o *Harry Potter* yn hedfan dan ei geseiliau ac i lawr ei ochrau. Archebu diodydd a dod o hyd i fwrdd. Fy hoff ddiod yma ydi Ursula, ond peidiwch â gofyn beth sydd ynddo fo, dwi 'di anghofio ers bron i flwyddyn.

'Be gest ti, Ela?' gofynnaf.

'Shag on the Bar.'

'Classic!' ymateba Branwen gan wenu o glust i glust, am ryw reswm.

'Pam? Achos bo' chdi 'di gweld Sporty Spice?' Nid Mel C ei hun, wrth gwrs, ond mae ein Sporty Spice ni'n edrych yn debyg iawn iddi! Does dim un ohonan ni'n gwybod pwy ydi hi, felly i osgoi gorfod ei disgrifio hi bob tro, rhoddodd Branwen y llysenw iddi.

'Ha ha ha,' ymateba Ela'n goeglyd cyn parhau'n swil, 'ond, ia, yn gwmws.'

Chwardda pawb. Heb fod yn gynnil, edrycha Carwyn ar y staff gweini y tu ôl i'r bar a throi'n ôl aton ni.

'Dydi Cargo Pants ddim yma. Biti 'de, Lola? Wel, deud hynny, dwn i'm os 'swn i'n fodlon dy gwffio di amdano fo, 'de.'

Nid oes angen egluro Cargo Pants, nag oes? Ond, rhag ofn! Mae Cargo Pants yn foi sydd wastad yn gwisgo'r *cargo pants* yma. Mae o'n edrych chydig bach fel Austin Butler ond fymryn lleiaf yn fyrrach ac mewn *cargo pants*.

Chwardda pawb eto, yr alcohol yn dechrau cicio i mewn. Dwi bron ag anghofio pam fues i ar bigau'r drain am gyhyd. Dwi'n teimlo'n wych. Ac yn hyderus.

''Sa well gen i gwffio Ela am Sporty Spice, yn bersonol. Ma Cargo Pants yn edrych fatha tasa ganddo fo dipyn o *ego* a dydi'i wyneb o'n gneud dim byd i fi'n bersonol. Ma Sporty Spice yn dlws iawn. Ac yn annwyl bob tro dwi'n archebu diod.'

Ai fi 'ta'r alcohol sy'n achosi i mi gochi drosta i gyd? Cuddiaf fy wyneb yn ysgwydd Ela gan chwerthin yn swil. Mae'r genod yn gneud synau 'widawiw' ond yn chwerthin ar yr un pryd. Aros yn ddistaw mae Carwyn.

'Tasa rhaid mi fynd am un o'r Spice Girls, 'sa rhaid i mi fynd am Scary,' medda Branwen. 'Gawn ni ddychryn pobl efo'n sgandals!'

Chwarddwn eto. Noson dda o'n blaenau dwi'n meddwl!

Gawson ni siot sydyn yn Mill, oedd yn fyglyd fel yr arfer. Cafodd Ela y syniad mwya twp o brynu *tequilas* i ni. Honco bost ohoni. Fuon ni'n Rummers, a chwarae teg i'r band byw, roedden nhw'n dda iawn. Deuawd acwstig yn chwarae clasuron gan rai fel Amy Winehouse, Bon Jovi ac Abba. Dwi'n gwbod, cymysgedd, yndê?!

Gan gerdded yn igam-ogam am y Llew Du, breichiau wedi'u plethu eto, wrth gwrs, gofynna Ela,

'Chi'n gwbod be 'se'n *class*?! Mynd i oifad ar ôl danso'n Pier.'

Saib. Dwi'n mentro,

'Be ydi "oifad" eto?'

Mae Ela'n troi ata i fel taswn i wedi'i digio hi.

'Beth yw oifad? Beth yw oifad, *she says*! Pan ti'n mynd i'r môr, yndyfe?!'

Mae saib meddwol wrth i ni sylweddoli beth roedd hi'n ei feddwl.

'Ooooo!' llusga Branwen. 'Nofio, ti'n feddwl! Oifad, wir. Nofio!'

'Ma oifad yn fwy o sbort i'w weud!' medda Ela.

'Dwy rwdlan llwyr dach chi, wir!' ymatebaf.

'Ha, medda ti! Lols yw dy *nickname* di, gwboi!'

'Ocê, digon teg!' nodiaf wrth gytuno. 'Iawn, pwy sydd am rasio am y jiwcbocs?'

Edrycha pawb arna i. Wrth gwrs, fi. Rholiaf fy llygaid arnyn nhw.

Wrth gerdded i mewn, mae'r posteri Cymraeg ar hyd y waliau yn ein croesawu a thon o gynhesrwydd yn fy nharo, a nodau bas un o ganeuon Candelas yn drymio yn fy nghlustiau. Mae'r genod yn fy ngwthio ymlaen i fynd am y jiwcbocs a Carwyn wedi cadw'n weddol ddistaw ers sbel.

'Cocamŵ, yndyfe, Lols?' gofynna Ela.

'Ia plis, blods.'

Reit. £1 = tair cân. Rhif un, 'Adar y Nefoedd', Swci

Boscawen. Rhif dau, 'Croeso i Gymru', Tara Bandito. Rhif tri, 'Goleuadau Llundain', Daniel Lloyd a Mr Pinc. *Voilà*!

Mae'r tri wedi dod o hyd i fwth bach i ni ac mae'r cocamŵ yn disgw'l amdana i.

'Diolch, Bran,' dywedaf cyn cymryd swig mawr o'm diod.

'Welist ti rywun o't ti'n licio 'de, Lols?' gofynna Ela.

'Rhywun o'n i'n licio? Be? Ar y ffordd yma o'r jiwcbocs?' Nòd fel ateb dwi'n ei gael. 'Ymm, na, dwi'm yn meddwl. Ti'n cofio'r hogan 'na welson ni'n Pier tro dwytha? Gwallt sinsir 'di cyrlio ac yn gwisgo'r *jumpsuit* enfys 'na? Oedd hi'n reit dlws. Mŵfs da! Ond welis i hi'n copio off efo ryw foi ar ddiwedd y noson. Siom!'

'Na na na, dwi'n meddwl mai Sporty Spice sydd i chdi,' medda Branwen. Dwi'n gwenu ond yn trio cuddio fy nghyffro o glywed hyn.

'Ti'n meddwl? Ond 'dan ni'n gwbod dim amdani!' Gwenu o glust i glust mae Branwen ac Ela arna i, yn gwbod fy mod i'n ffansïo ... Sporty Spice. 'Swn i ond yn gwbod be ydi'i henw hi! Mae Carwyn yn dal i fod yn ddistaw.

'Carwyn, ti 'di bod yn ddistaw ers sbel, prin 'di deud smic! Ti'n iawn?'

Ac fel bwled, mae'n neidio'n syth am y cyfle i ddweud ei ddweud, 'Ti'm jest yn deud bo' chdi'n *bi-curious* 'ŵan achos bo' chdi'm isio bod yr unig berson strêt yn y grŵp, nag wyt?'

Wyt ti'n siarad gwir?
Wyt ti yn
fo neu yn hi?
Neu wyt ti'n
Non-binary?

'Be?!' gwaedda'r genod dros gân Tara Bandito.

Dydw i wir methu disgrifio'r braw llethol o glywed Carwyn yn fy nghyhuddo i.

'Pam 'swn i'n gneud hynna?'

Mae'n saethu i ateb eto gan groesi ei freichiau tro 'ma, pob un ohonon ni'n dechrau sobri.

'Ddudis i. Fel bo' chdi ddim yr *odd one out*. Neu i ga'l mwy o sylw gan ddynion, gobeithio 'sa rhai yn gweld hynny'n *hot*.'

'Do'dden i'm yn dishgwl i ti fod yn *biphobic*, Carwyn!' ebycha Ela.

Dydi o'm ots gen i.

Ydi o ots gen ti?

Neu chi?

Croeso i Gymru.

'Dan ni wrthi'n newid,

ond ar y funud

mae 'na rai angen

newid meddylfryd.

'*Bullshit*!' poera Branwen.

Ochneidio mae Carwyn, fel petai'n synnu fod y genod wedi f'amddiffyn i.

'O dewch 'laen, dydi'm hyd yn oed yn gwisgo'n cwiar.'

Gyda'n gilydd, mae aeliau'r tair ohonon ni'n crychu. Ac fel deuawd soprano ac alto, mae'r ddwy yn parhau i'm hamddiffyn.

'A shwt ma rhywun cwiar fod i wisgo? Shwt ma rhywun cwiar fod i edrych?' Soprano.

Yn ôl y sôn dwi'n

Drama Queen.

Dwi jyst yn trio

dod â gliter, girls
a gwir i'r sin.

'Gawn ni edrych sut bynnag liciwn ni. Twll dy din di, Carwyn. A ti'n un da i siarad, yn dwyt? Ydi pawb cwiar yn gwisgo crysau siec a thopiau plaen? Nadi. 'Na chdi sôn am beintio pawb efo'r un brwsh.' Alto.

'Ond dydi Lola heb siarad am ffansïo hogan arall tan 'ŵan. Rhybuddio chdi ydw i, Lo. Fydd pobl ofn bo' chdi'n mynd allan efo hogan, ond ddim wir yn rhoi 100% i'r berthynas. *Half-ass* 'lly.'

Bobl bach mae
angen dysgu hunan-werth
a hunan-barch.

Fel tasa rhyw wefr yn rhuthro trwy pob cell yn fy nghorff, o'm corun i'm sawdl dwi'n teimlo fy mron yn deffro ac yn gwylltio'r llew sy'n ysu i ruo yn erbyn fy ffrind.

'A ma hyn wir yn dangos pa mor dda ti'n fy nabod i'n dydi, Carwyn?! Ella o'n i'n gwbod bo' chdi am ymateb fel'ma, a stopia siarad fatha taswn i'm yma. 'Di o ddim o dy fusnas di, Carwyn. Os dwi isio snogio hogan arall achos 'mod i'n ei ffansïo hi, mi wna i. Os dwi isio snogio hogyn achos 'mod i'n ei ffansïo fo, mi wna i. Ma gen i bob hawl!'

Disgynna distawrwydd annifyr droson ni, fel y goleuadau stryd sinistr y tu allan, a'r unig sŵn sydd i'w glywed yw'r dorf feddwol yn dechrau canu 'Goleuadau Llundain' allan o diwn. Er gwaetha'r distawrwydd, dwi'n methu helpu ond teimlo'n falch o fi fy hun… rhyw hunan-barch.

Parhau i fwynhau'r noson wnaethon ni, yn y diwedd. Sut? Dim clem! Llwyddodd Carwyn i adael llonydd i mi am y peth a mynd yn ôl i yfed a dawnsio. Ac fel yn yr agenda, 'trwy ryw ryfedd wyrth', llwyddon ni i gyrraedd y Pier, gan gerdded yn igam-ogam yr holl ffordd, fel y cymeriadau'n dawnsio yn *Mary Poppins.*

Ar ôl bloeddio am ddiodydd a dod o hyd i le call i ddawnsio dwi'n cofleidio'r goleuadau llachar, gwyllt wrth iddyn nhw a'r gerddoriaeth reoli fy symudiadau, fel pyped ar gortyn yn dilyn y goleuadau. Dwi'n teimlo mor ysgafn a'm meddwl a'm clustiau'n canu'n braf.

'Sporty Spice!' bloeddia Ela a Branwen yn annisgwyl. Trof i weld Sporty Spice o Cambrian, VK yn un o'i dwylo, mewn gwisg wahanol yn dawnsio fel tasa fory ddim yn bod. Mae hi'n dlws beth bynnag, ond o dan y goleuadau ac mewn gwisg wahanol, mae'n wefreiddiol ac yn fy nhorri o reolaeth y gerddoriaeth.

'Sporty Spice!' bloeddia Ela eto tra mae Branwen yn mynd ati a'i hannog i ymuno â ni! Maen nhw'n agosáu. O na, am be' maen nhw'n siarad? Aaaaa!

'Nice to meet you, Lily! I'm Branwen, this is Ela and that's Carwyn. Thiiiis is Lola!' llusga Branwen a'i hacen ogleddol yn gref. Lily. Enw Sporty Spice ydi… Lily.

Mae'n bloeddio dros y gerddoriaeth,

'Ymmmm. Shw'mae? Did I say that right?'

Wyddoch chi'r cyffro o sylweddoli fod rhywun di-Gymraeg yn gwbod chydig bach o Gymraeg? Mae o leiaf tair gwaith yn fwy pan mae'r cyffro'n feddw!

'Ti'n dysgu Cymraeg?!' gofynnaf.

'Odw glei! Duolingo,' ateba Lily. Gwenaf arni. Llygaid yn cyfarfod. Gwena Lily'n ôl arna i. Mae nodau bas y gerddoriaeth yn cyflymu i gyd-fynd â churiad fy nghalon i.

Mae'r cefndir a'i liwiau'n gweddu, a dim ond ni'n dwy sydd yn fy realiti bellach.

Rydyn ni'n dawnsio ac yn dawnsio ac yn dawnsio heb deimlo'r amser yn pasio.

Yn ein diod, ein medd-dod hapus a llon, dwy'n arnofio yng nghanol môr o ddillad, colur a gwalltiau lliwgar, dwi'n symud i afael yn ei llaw hi. Llygaid yn cyfarfod eto a sgwrs yn cymryd lle.

Ydw i? Ydw i? Ydw i?

Heb fawr o reolaeth dros ein cyrff, rydyn ni'n symud yn agosach... yn agosach ac yn agosach, fy llygaid yn symud i edrych ar ei gwefusau a... ma'n gwefusau ni'n cyffwrdd a dyna'r *finale* tân gwyllt yn tanio yn fy mol. Dwi'n clywed dim heblaw curiad cyson bas y gerddoriaeth a churiad fy nghalon yn drymio alaw *allegro* yn fy nghlustiau drosto, ei llaw yn symud at fy ngwddf gan orffwys un o'i bysedd yn erbyn fy mhỳls. Symudaf fy llaw i'w hefelychu a symud fy mawd i frwsio'n erbyn ei boch esmwyth, gan flasu'r VK ceirios melys ar ei gwefusau, ei hanadl yn gynnes yn erbyn fy un innau. Dwi ddim isio gwahanu oddi wrthi. Symud i ffwrdd ac yn cyfarfod mae ein llygaid eto, pob un yn sgleinio â sêr. Ella fod Branwen yn iawn. Ella mai Sporty Spice... Lily... ydi'r un i fi.

SIÂN MELANGELL DAFYDD

TOTEM Y TŶ HYLL

Teithiai Hafwen heibio i'r Tŷ Hyll. Bob tro, dyna lle'r oedd o, yn dwt rhwng y coed derw. Yn fadarchen-gartref ar ei gwrcwd. Roedd coeden fagnolia uwch ei ben yn blodeuo erbyn hyn – petalau gwelw maint dwylo plant. Blodeuo cyn y ddraenen ddu eleni hefyd. Gwelodd betalau ar lechi'r to.

Meddyliodd Hafwen fod hynny'n arwydd clir fod rhywbeth o'i le. Byddai'n ysgrifennu at ei phlant i'w rhybuddio.

Sut all coeden fagnolia fod yn arwydd o unrhyw beth drwg, meddai ei llais ei hun yn ôl wrthi. Ac ar y radio, ategodd y cyflwynydd fod storm ar y ffordd, un ag enw, un o'r rhai mawr.

Erbyn hynny, roedd y Tŷ Hyll y tu ôl iddi. Byddai'n stopio wrth Lyn Ogwen am goffi ac i bi-pi, byddai'n gyrru'n ôl y ffordd honno ar ddiwedd y dydd a chyn belled nad oedd hi wedi blino gormod, byddai'n cofio chwilio am y polyn totem sy'n cadw cwmni i'r tŷ bach hynafol hwnnw. Nid cadw cwmni ond gwarchod, efallai.

Pan oedd Hafwen yn blentyn, byddai ei nain yn cael trafferth dweud y gair 'gwarchod' ac yn dweud 'gwrachod' yn ddamweiniol bron bob tro. 'Dwi'n gwrachod y plant.'

A byddai'r plant, Hafwen yn eu plith, yn cael caniatâd i chwerthin ar Nain am hynny, ond am brin ddim byd arall.

Erbyn hyn, roedd rhywbeth am fochau a siâp gwallt Hafwen oedd yr un sbit â'i nain. Wrth weld cip ohoni ei hun mewn ffenest siop wrth gerdded heibio y byddai hynny'n fwyaf amlwg. Nain: petai rhosyn yn heneiddio yn hytrach na gwywo, dyna hi. Brat gwelw, glân amdani, a phoced ymarferol o gotwm llac ar ei flaen. Cyrls llac. Dwylo bach, tyn.

Edrychodd Hafwen ar ei dwylo ei hun ar yr olwyn lyw. Ie, Nain. Efallai mai o'r ymylon roedd rhywun yn dechrau heneiddio a pherthyn i'w tylwyth yn gyntaf: pen, dwylo, traed yn gwreiddio. Y peth nesa, byddai Hafwen yn cadw geifr, gweu sanau a gwrthod siwgr heblaw am lwyaid ar fore Sul dros hanner grawnffrwyth.

'Gwrachod y geifr,' fyddai hi'n ei ddweud hefyd wrth fynd allan i odro, wrth bicio allan i sgwrsio â nhw yn y cae y tu ôl i'r tŷ.

Byddai Nain wedi sylwi ar y totem. Roedd ganddi gorff llonydd a roddai iddi lygaid craff.

Wrth yrru o'r gogledd roedd o i'w weld gliriaf, a hyd yn oed wedyn, roedd rhaid i'r golau fod ag ansawdd arbennig iddo: yn arian byw ond nid yn niwlog.

Rai dyddiau, byddai Hafwen yn meddwl mai hi oedd yn wallgof ac nad oedd dim byd tebyg i bolyn totem yno o gwbl, dim ond hen dderwen wedi gweld dyddiau gwell. Ond ar y dyddiau da, byddai hi'n gweld dau beth. Yn gyntaf, y polyn mor urddasol, cerflun creadur â phen corniog neu bigog ar y brig – carw efallai. Creadur asgellog oddi tano gyda chymesuredd i'r adenydd a gwawr o baent coch yn sbecian ohono. Yn ail, gwelai hefyd mai derwen oedd yno mewn gwirionedd, ei changhennau wedi pydru a disgyn, a gadael dim ond yr ysgwyddau yno yn lympiau i'r chwith a'r dde. Adenydd. Iddew yn meddalu ei siâp.

O weld un, roedd hi'n gweld dau. Y drefn o weld fyddai'n newid.

O chwilio am y totem, sylwodd y tro hwn fod anifail efo ceg gron, agored yno o dan yr un asgellog, tafod hefyd, a llygaid anghytbwys ond enfawr. Llyffant, penderfynodd, oedd hwnnw. Mam-lyffant wedi dianc o brysurdeb pwll a'i lond o benbyliaid yr amser yma o'r flwyddyn, yn chwarae cuddio rhag ei rhai bach.

A oedd ei thotem, tybed, yn datblygu ychydig yn fwy bob tro byddai'n gyrru heibio? Nid cael ei gerfio, nid tyfu, ond datblygu o'r tu mewn oedd ei siâp, roedd hi'n siŵr.

⋆ ⋆ ⋆

Llyn Ogwen; yno, diffoddodd y car ac ochneidio am ddim rheswm arbennig heblaw rhyddhad gollwng yr olwyn. Cyn neidio allan, edrychodd ar yr eithin yn wlyb a'r gwynt yn ei waldio. Rhaid oedd mynd allan ond byddai'r gwynt hefyd yn hyrddio yn erbyn drws y car ac yn ei herbyn hithau. Yma, rai blynyddoedd yn ôl, roedd darn o lechen yn hongian ar gortyn y tu allan i'r toiledau. Dwedodd hen gariad wrthi mai teclyn dweud y tywydd oedd o.

Llechen wlyb: bwrw glaw.
Llechen lonydd: dim gwynt.

A doedd dim un math arall o ragolygon tywydd yn ddefnyddiol. Wyddai hi ddim hyd heddiw os oedd o'n tynnu ei choes ai peidio. Ond beth arall fyddai diben y llechen fach? Erbyn hyn, roedd math o sgrin gyffwrdd a chiw o gerddwyr o'i flaen, hyd yn oed yn y tywydd yma. Dim ond yn y llefydd parcio ugain munud am ddim oedd lle. Cydiodd yn dynn yn ei phocedi a rhedodd i'r toiledau. Byddai'r llechen fach wedi bod yn chwipio yn erbyn yr adeilad heddiw.

Yr eiliad y taniodd y car unwaith eto, 'Kathleen,' meddai'r radio. Enw ei nain fel petai'n taranu ati o'r peiriant, o'r tywydd, o rywle doeth. Ni ddeallai. Eisteddodd yn sêt y gyrrwr, yn amau ei hun, ond ie wir, dyna glywodd hi, Kathleen. Oherwydd ei sioc, ni chlywodd y geiriau a ddaeth wedyn ond roedd hi'n difaru hynny. Pam Kathleen? Erbyn iddi fod yn pendroni, roedd cân fywiog yn chwarae i rhythm y glaw.

Canodd ar ei ffordd i lawr i Fethesda, ond yn wyliadwrus, rhag ofn i Nain ymddangos dros glawdd, a'i phen yn wyllt yn y llwyni.

✳ ✳ ✳

Chwiliodd mewn hen lyfr celf – roedd pob math o bethau yn y bwthyn roedd hi wedi eu hetifeddu gan ei nain a hithau wedi byw ynddo ers degawdau heb newid dim. Roedd pori ymysg y silffoedd llyfrau fel mynd i siop ail law. Swatiodd efo Cous-cous y gath ar sìl ffenest y gegin a darllen.

Carw: cyflymder ac amddiffyn teulu
Eryr: rhyddid a dewrder
Llyffant: adnewyddiad, ffrwythlondeb, gwanwyn

Wel ie, wrth gwrs, meddyliodd. Ac er cof am ei nain, edrychodd hefyd am yr afr, er nad oedd gafr yn nhŵr anifeiliaid y totem. Beth fyddai'n cynrychioli Kathleen Lewis?

Gafr: beiddio, herfeiddio.

Efallai fod hynny'n siwtio ei nain cyn i Hafwen ei hadnabod.

* * *

O'r gornel glyd lle darllenai Hafwen, syllodd ar ei chartref ei hun. Roedd yn ddigon bychan i fod wedi ei adeiladu mewn undydd, fel y Tŷ Hyll. Hoffai feddwl mai dyna oedd o. Wedyn rhywdro ychwanegwyd llofftydd. Yn y cwt-cartref cyntaf, roedd dwy ystafell ac un lle tân. Byddai anifeiliaid wedi byw yma hefyd, yn siŵr. Dychmygodd ei nain yn ei brat yn sefyll ar y rhiniog efo bwyell. Dychmygodd ei thafliad o'r man hwnnw. Llaw chwith, bob tro, i'w nain, i blicio tatws, i droi gwddw ceiliog neu i wnïo. Clywodd Hafwen duchan ei nain. Un tafliad gwerthfawr â'i holl rym. Ei gwallt yn ysgwyd wedyn.

Wrth gwrs, nid ei nain ond ei chyndeidiau fyddai wedi gwneud y fath beth. Ond bysedd ei nain fyddai'n rhoi sglein efo olew llin a gwirod gwyn i'r llechi ar lawr y bwthyn. Ei chadach, fel ei migyrnau, yn gwrido. Ni wyddai Hafwen hanes yr hen le, ond gallai ei deimlo o'r ffenestr honno.

Atebodd ei llais ei hun eto, gan fynnu mai ffwlbri oedd hyn.

Ta waeth. Dychmygodd Nain yno wrth fwrdd y gegin yn bwyta bowlen o bys cynta'r tymor efo talp o fenyn yn toddi arnynt. Wrth ei hochr, roedd gwydryn trwchus o laeth gafr.

'Nain, tasech chi'n gwahodd pum person enwog i

swper, pwy fydden nhw? Nain? Pwy fydde'ch pump chi?' gofynnodd Hafwen, heb ddeall yn llwyr o ble ddaeth ei chwestiwn.

Disgwyliodd glywed rhywbeth am grefftwraig o fri, gweinidog neu arddwr. Yn bennaf, hoffai'r syniad o adnabod ei nain fel oedolyn, gan mai dim ond cof plentyn ohoni oedd ganddi.

'Lol botes maip,' meddai Nain. 'Mae gormod o sôn am enwogion. Mi ro' i bump i ti. Fel hyn. Hen greadur wedi magu moch gydol ei oes. Mam sengl. Plentyn sy'n gwrthod dringo i lawr o goeden pan mae hi'n amser gwely. Rhywun sy'n epilio tegeirianau gwyllt. A dawnswraig o'r Bolshoi. Dyna'r agosa i enwog a' i.'

'Y Bolshoi?'

'Roedd cariad gen i w'sti, flynyddoedd 'nôl,' meddai ei nain gan ysgwyd ei phen yn fywiog fel petai hynny'n bywiogi'r atgof hefyd. 'Pan oeddwn i'n byw ym Mharis. Mi fuodd o'n dawnsio i'r Bolshoi. Y gore. Roedd coesau cry' ganddo.'

'Nain? O ddifri rŵan?'

'Roedd o'n dweud mai Nijinsky oedd gan y dillad delia 'rioed,' meddai, a'i gwallt yn wyllt, ei llygaid i'r nenfwd.

Efo enw Nijinsky, dechreuodd Hafwen goelio ei nain, ond syllodd arni nes iddi ddiflanu eto wrth ddweud, 'Dario ti, 'dan ni'n siarad am bobl enwog yn y diwedd!' Diflannodd y pys. Diflannodd y gwydryn llaeth. Bwrdd ei nain oedd ar ôl, yn ogystal â ffiol fach o glai wedi ei gwneud gan ferch Hafwen. Ond ar ei hôl, gadawodd Nain ryw hyder yn Hafwen. Yn yr un ystafell fechan yna a'i waliau'n igam-ogam o'r cerrig mawrion, roedd Rwsia, roedd tegeirianau, roedd

Paris. Dyna oedd posibilrwydd. Aeth i'r gwely yn cyfri'r nifer o wledydd yn ei chartref ei hun, o'r pot blodyn o Bortiwgal i eliffant pren o Goa, cardigan wlân o Wlad yr Iâ a chlwt o arlleg trionglog o dde Ewrop yn tyfu'n gryf dan y gerddinen yn yr ardd.

Y tro nesa y byddai'n gyrru heibio i'r Tŷ Hyll, efallai na fyddai'n ystyried y totem yn beth estron, ond yn gynhenid i'r cae hwnnw, i'r A5, i'w dyddiau hi. Gwyddai ei fod yn gwarchod – neu'n gwrachod – y tylluanod, y gwiwerod a'r llwynogod yn y clwt hwnnw o dir. Ac yn gwarchod y tŷ hefyd.

Daeth storm Kathleen yn y tywyllwch a deffrodd Hafwen i'w sŵn.

Nid oedd wedi sôn wrth un enaid byw am yr hyn y gwyddai am y totem a'r hyn a fyddai'n ei weld yno. Ond y noson honno o dan do llawer rhy agos i'r storm, daeth pryder i'w phen ac arhosodd yno.

Os mai coeden bwdr oedd yno ac nid totem wedi'r cwbl, caiff ei dinistrio yn y gwynt yma.

Llais gwendidau'r nos.

Na, fyddai hynny fyth yn digwydd.

Totem oedd yno.

Atseiniodd y storm yn ôl, glaw ar lechi yn llafarganu *totem, totem, totem.*

Cofiodd, wrth wrando ar sŵn ailadroddus y nos, mai ar y radio'r diwrnod hwnnw clywodd sgwrs am wahodd pum person enwog i swper. Suddo i'w hisymwybod fyddai sgyrsiau taith, nes bod un gân wedi ei chysylltu am byth efo cyffordd arbennig, a hanesyn efo mynydd neu lyn. Ni chofiai'r bobl, dim ond y syniad o wahodd dieithriaid i swper.

Byddai hi, heb os, yn gwahodd ei phlant yn ôl adre o bedwar ban byd, a ffrindiau ei phlant. Byddai bwrdd ei nain yn ddigon mawr. Cyfrodd y cadeiriau a gosod y bwrdd i chwech yn ei dychymyg, i guriad *totem, totem, totem*.

✲ ✲ ✲

Dros frecwast y bore canlynol, roedd sgyrsiau'r radio yn llawn cyhoeddiadau o ffyrdd wedi eu cau, rhestrau o goed wedi dymchwel a damcaniaethau am beth oedd yn saff ai peidio. Roedd Storm Kathleen wedi caethiwo un ferch ifanc rhwng dwy goeden, ac yno y bu hi am oriau ar ffordd gefn nes i'r dynion gyda'u llifiau cadwyn ddod ati'n y tywyllwch. Tanya oedd ei henw a siaradai gyda chynnwrf yn ei llais, am dylluan wen, am gyrraedd un goeden enfawr, troi'n ôl, a gweld un arall wedi disgyn, a hithau mewn sodlau, meddai, a chwerthin. Ond roedd Nain Tanya wedi ei dysgu i gadw blanced a bisgedi yn y car.

'O leiaf, hynny, o leiaf,' meddai'r cyflwynydd. A phetai Hafwen wedi medru cofleidio'r ferch yna a'i higian siarad, byddai wedi gwneud hynny drwy'r radio.

Mewn gwirionedd, eisiau cofleidio ei phlant ei hun oedd hi, ond byddai plant pobl eraill yn torri ei chalon yn ddyddiol. Aeth at ei hoff sìl ffenest gyda'i choffi. Roedd y biniau ailgylchu wedi eu taflu, ond doedd yr ardd ddim gwaeth. Pyllau dŵr, wrth gwrs, ond yn llonydd. Byddai'r postman yn cwyno a dangos ei esgidiau.

'Coed wedi cwympo, coed wedi cwympo,' clywodd ar y radio eto. Pam na fyddai rhywun yn dweud pa goed? Rhoi enwau iddynt yn lle enwi'r ffyrdd?

Cofleidiodd ei choffi a phenderfynu y byddai'n mentro

allan beth bynnag, i herio'r syniad fod ei byd wedi'i leihau dros nos. Roedd hen ddigon o hynny eisoes. Edrychodd ar y coed oedd yn gwmni iddi, pob un o amgylch ei chartref yn dal i sefyll. Y gerddinen wrth y drws cefn, yn arwain ei llygaid at gwlwm o ddraenen wen, yna'r onnen a dwy dderwen. Dim niwed. Y tu hwnt iddynt, tua hanner awr i ffwrdd, fyddai'r totem. Y tu hwnt i hynny, ymhellach na dychymyg erbyn hyn, ei phlant. Un ym Mhortiwgal a'r llall yn Goa. Llefydd lle'r oedd bywyd yn rhad meddai'r ddau. A llefydd lle na châi Hafwen deithio iddynt, yn ôl cwmnïau yswiriant. Rhy hen, rhy fusgrell a gormod o risg oedd hi. Roedd gwreiddiau Hafwen yn gryfach na rhyddid.

Rhwbiodd ei migyrnau am y mŵg coffi. Byddai hi'n mynd allan i weld gweddillion y storm heddiw, roedd hynny'n sicr. Câi weld a oedd y totem yn sefyll. Câi weld dinistr, siŵr o fod, a byddai hynny'n gwneud i'w chorff deimlo'n gryfach. Cipiodd flanced. Daeth o hyd i becyn o fisgedi sych heb siocled arnynt yng nghefn y cwpwrdd.

'I'r dim,' meddai, gan feddwl ei bod yn cyfiawnhau ei phenderfyniad i'w phlant, yn eistedd yno wrth y bwrdd, gan edrych i'r nenfwd ac yn ôl ati'n anfodlon. Ond doedd neb yno i fynegi barn. Edrychodd ar y bwrdd gwag, y ffiol arno, y llestri brecwast a'r pot jam. Roedd hi'n siŵr ei bod wedi darllen yn rhywle fod aelodau teulu rhywun yn ymddangos – byw neu farw – ar amseroedd tyngedfennol bywyd person. Hynny yw, i berson ag ymennydd neu ddychymyg agored i rymoedd cynnil. Ond ni theimlai fod y diwrnod tawel hwnnw ar ôl Storm Kathleen yn arwyddocaol. Roedd yr enw, ond dyna'r oll. Na, doedd y storm na'r radio na'i dychymyg yn ceisio cyfathrebu pethau mawrion efo hi.

Clodd y drws. Yn ei phyjamas a chardigan fawr wlân hyd at ei phengliniau, hen sanau tyllog a welingtons, aeth i'r car. Taflodd ei phecyn ar y sêt wrth ei hochr a diffoddodd y radio. Fel y llechen fach yn hongian ger Llyn Ogwen, yr unig ragolygon neu wybodaeth oedd ei angen arni oedd yr un o'i blaen.

O symud yn araf, roedd totem y Tŷ Hyll yn hollol amlwg y diwrnod hwnnw. Roedd y storm, os rhywbeth, ddim ond wedi rhoi sglein arno. Erbyn ei gyrraedd, roedd Hafwen wedi gyrru heibio rhai canghennau ar y ffordd, gyrru dros ddarnau o bren a rhisgl a'r crensian. Roedd ei chalon hefyd fel petai wedi arafu, a'i chorff yn gwyro ymlaen at y llyw ac at y byd. Ond roedd y totem yn un darn.

Ni allai yrru ymhellach. Byddai ei phlant yn rhybuddio ei bod wedi parcio mewn lle dwl. Rhyw dynnu i mewn a gadael i'r olwynion suddo i bridd llaith wnaeth hi. Ar gornel, ar hynny. Dwl, dwl, dwl. Croesodd y ffordd.

Safodd Hafwen a'i chefn at groen caled y goeden, gan feddwl mai yno oedd y lle iddi hi. Cymaint yn well na'i sìl ffenest. Gallai deimlo ei bod yn rhan o rywbeth yn fan hyn. O osod ei phenelin yn erbyn rhychau'r goeden, roedd hi wedi ei gwreiddio i'r fan. Ymlaciodd cefn ei phen a'i osod yn erbyn y rhisgl.

Darllenodd yn rhywle mai o'r gwaelod i fyny oedd darllen polyn totem. Canolbwyntiodd ar ei thraed gan ddychmygu'r rheiny yn tyfu gwreiddiau o'r gwadnau. Byddai'n treiddio i'r pridd a hyd yn oed i mewn i wreiddiau'r goeden ei hun, ei thymheredd hi ychydig yn uwch ond o fewn dim, yn dod ynghyd yn eu gwres, yn un. Roedd cosi. Ni fyddai ei chroen byth yn magu'r lleithder a'r llacrwydd roedd ei angen i fod yn bridd, meddyliodd. Byddai hi'n wreiddiau. Cofiai dyllu twll er mwyn plannu coeden afalau flynyddoedd yn ôl, a chanfod gwreiddiau eraill ystyfnig o'r ffordd. Byddai hi hefyd yn ystyfnigo yn y pridd. Byddai hi'n dderwen.

O'r tu cefn iddi, roedd meinwe'r rhisgl yn ehangu i'w chynnwys hi. Fel mwsogl yn cysylltu i'r pren, daeth hi'n rhan ohono hefyd, ond eto'n wahanol. Ei gwallt aeth i mewn i'r pren yn gyntaf, megis miseliwm, yn anweledig ond egnïol. Yr un lliw â'r darnau cnotiog y tu mewn i'r goeden oedd ei gwallt eisoes, felly ychwanegu at y patrymau wnaeth hi, a phob cainc o'i phen yn trawsnewid yn gainc o'r pren. Clwt bach ar gefn ei phen oerodd i'r coedyn nesa. Daeth ansawdd fel pry lludw i'w chnawd. Ac hefyd i badellau ei hysgwyddau, yn gadarn yn y dderwen, fel petai'r goeden yn adenydd arni.

Fel hynny, edrychai'r ddwy yn amlwg fel dau beth gwahanol wedi eu cysylltu, hi a'r dderwen, ond ddim am amser hir. Daeth corff cyfan Hafwen yn rhan o haen allanol y dderwen nes ei bod yn ddim mwy na lympiau syfrdanol o debyg i siâp corff. Tyfodd y pren i gydio ym mhopeth, o groen i gnawd, o asgwrn i organ, yn ddyfnach na'i hasgwrn cefn, yn ddyfnach na chafn cefn ei chalon, a chosi cefn ei llygaid. Wrth uno, y peth olaf i Hafwen feddwl oedd hyn: Efallai mai o'r ymylon roedd rhywun yn dechrau heneiddio a pherthyn i'w tylwyth yn gyntaf: pen, dwylo, traed yn gwreiddio, ond roedd hi wedi cyrraedd yn llawn bellach.

Ar arwyneb allanol y goeden, ymddangosodd siâp fel cerflun o ddynes ddewr, a'i hwyneb yn herfeiddiol.

* * *

Teithiodd dynes ifanc at y Tŷ Hyll ar y ffordd i weld ei mam yn yr ysbyty, yn poeni am gyrraedd yn hwyr ar ôl yr awr ymweld, pan welodd hithau hefyd bolyn totem: carw, eryr, llyffant, arth. Yn sicr, dyna'r oedd o. O'i weld, teimlai ryddid o'i phryderon blaenorol, fel petai cyfrinach wedi ei rhannu â hi. Ac wedi ei weld, roedd yr arth fel petai'n dal yn y ferch, yr holl ffordd.

BYWGRAFFIADAU

JON GOWER:

Mae Jon Gower wedi llenwi hanner ei silff lyfrau bellach
â'i lyfrau ei hun, dros ddeugain ohonynt, gan gynnwys *Y
Storïwr* (Llyfr y Flwyddyn 2012), *Norte*, *Rebel Rebel* a *The
Story of Wales*. Bu'n ohebydd y celfyddydau a'r cyfryngau
i BBC Cymru ac yn gymrawd rhyngwladol i Ŵyl y Gelli.
Ei lyfr diweddaraf yw *The Turning Tide: A Biography of the
Irish Sea*.

LOIS ROBERTS:

Un o Drelewis yng Nghwm Taf Bargoed yw Lois. Mae hi'n
dal i fyw yn ei milltir sgwâr ac yn gweithio yng Ngholeg
y Cymoedd. Mae hi'n briod â Llion ac yn fam i Joseff a
Bedwyr. Pan nad yw'n cael ei llusgo o amgylch stadiymau
pêl-droed, mae hi wrth ei bodd yn gwylio ffilmiau Maffia ac
yn casglu trugareddau Art Nouveau.

GARETH EVANS-JONES:

Mae Gareth yn ddarlithydd Athroniaeth a Chrefydd ym
Mhrifysgol Bangor, yn un o gyfarwyddwyr Canolfan
Genedlaethol Addysg Grefyddol Cymru, ac yn
ysgogydd creadigol. Bu'n ffodus i ennill Medal Ddrama'r

Eisteddfod Genedlaethol ddwywaith (2019 a 2021), ac mae wedi cyhoeddi cyfrolau rhyddiaith amrywiol: *Eira Llwyd* (2018), *Y Cylch* (2023), *Cylchu Cymru* (a enillodd Wobr Ffeithiol Greadigol Llyfr y Flwyddyn 2023), llyfr i blant, *Llanddafad* (2024), a chyfrol academaidd: *'Mae'r Beibl o'n tu': ymatebion crefyddol y Cymry yn America i gaethwasiaeth (1838–1868)*. A Gareth olygodd y gyfrol *Curiadau: Blodeugerdd LHDTC+*, y gyntaf o'i bath yn y Gymraeg.

FRANCESCA SCIARRILLO:

Mae Francesca yn byw yn Rhewl, Sir Ddinbych, ac yn gweithio fel Swyddog Hyrwyddo Darllen i Gyngor Llyfrau Cymru, sy'n gweithio'n dda i rywun sydd hapusaf wrth ddarllen! Mae gan Francesca deulu Eidalaidd; symudodd ei neiniau a'i theidiau i Gymru o'r Eidal yn y chwedegau. Mae hi'n ceisio ymweld â'r Eidal gymaint ag y gallai ar ôl iddi dreulio llawer o'i phlentyndod yno.

FFLUR DAFYDD:

Mae Fflur Dafydd yn sgriptwraig ac yn nofelydd sydd wedi cyhoeddi nifer o gyfrolau. Enillodd ddwy o brif wobrau'r Eisteddfod Genedlaethol – y Fedal Ryddiaith yn 2006 a Gwobr Goffa Daniel Owen yn 2009. Mae hi hefyd wedi derbyn sawl enwebiad BAFTA Cymru am ei gwaith teledu. Mae'n gweithio yn y ddwy iaith ar draws sawl cyfrwng a'i chyfrolau diweddaraf yw *Lloerganiadau* (Y Lolfa, 2020) a *The Library Suicides* (Hodder & Stoughton, 2023). Mae ei gwaith sgrin yn cynnwys y ffilm nodwedd *Y Llyfrgell*, a'r cyfresi *Parch* ac *Yr Amgueddfa*.

LLEUCU NON:

Mae Lleucu Non yn wreiddiol o Ddyffryn Nantlle ond
wedi bod yn byw yn Aberystwyth fel myfyriwr ers 2020.
Erbyn hyn, mae'n astudio MPhil Ysgrifennu Creadigol ym
Mhrifysgol Aberystwyth.

SIÂN MELANGELL DAFYDD:

Magwyd Siân Melangell Dafydd wrth droed y Berwyn, lle
mae wedi dychwelyd, er iddi fyw a gweithio yn yr Eidal
mewn orielau, ac yn Ffrainc ym Mhrifysgol America,
Paris. Siân yw awdur *Y Trydydd Peth* (Gwasg Gomer,
2009), enillydd Medal Ryddiaith Eisteddfod 2009 a
chyd-olygydd olaf y cylchgrawn llenyddol eiconig,
Taliesin. Mae'n gweithio'n ddiwyd â beirdd o'r India ac ar
ymchwil doethuriaeth yn defnyddio yoga ac ysgrifennu
fel ymarferion cyfochrog creadigol. Cyhoeddwyd ei nofel
ddiweddaraf, *Filò* (Gwasg Gomer) yn 2019.